鵺の鳴く夜が明けるまで

Nue no nakuyo ga akerumade
Written by
door

双葉文庫

もくじ

人物紹介

青《あお》山《やま》胡桃《くるみ》

聖南学園高等部二年。来夢のルームメイト。同じく推理小説好きで、二人は意気投合。ミステリー研究会の部長を務める。

榊《さかき》原《ばら》来《らい》夢《む》

語り手。父親の海外転勤がきっかけとなり聖南学園に転校。高等部の二年生。家事全般、特に料理が苦手。推理小説好き。

白《しら》河《かわ》美《み》里《さと》

聖南学園高等部三年。一見、気立てのいい優しい先輩だが、後ろ暗い過去がある様子……。ミステリー研究会の元部長。

姫《ひめ》草《くさ》さゆり

聖南学園高等部一年。外国語に明るく、数ヶ国語が話せる。常に人形を持ち歩いている。ミステリー研究会に所属。

江《え》波《なみ》 遥《はるか》

聖南学園高等部三年。かなりの美人だが、一匹狼的なところがある。ガムが好きで、いつも噛んでいる。

紫《し》苑《おん》乃《の》亜《あ》

聖南学園高等部一年。フランスからの留学生で、日本語にはまだ不慣れ。ミステリアスな雰囲気が漂う。

鵺《ぬえ》夜《や》来《らい》人《と》

数学教師。十代にも見えるが二十代か？天才肌でオタク体質。『少女探偵アリス』という漫画のファン。

犬飼《いぬかい》警部

三十代で県警の警部。お役所仕事で頭でっかちなところがある。ポマードで固めたオールバックの髪型が特徴的。

皆《みな》木《き》先生

英語教師だが、フランス語も堪能。学生時代はミステリー研究会に所属していたほどの推理小説好き。才色兼備。

下《しも》山《やま》先生

四十代半ばの英語教師。豪邸に住んでおり、佇まいも英国紳士のよう。暗号を作るのが趣味。

とある新聞記事より抜粋

○月×日午前十時頃、県道△号線聖南《せいなん》学園近くの交差点でバスと乗用車の衝突事故が発生。幸い死者は出なかったものの、バスに乗り合わせた少女が意識不明の重体で聖南大学付属病院に搬送された。数時間に及ぶ手術の結果、少女は一命をとりとめた。しかし数日後、意識を取り戻した少女は事故のことはおろか、自分が誰なのかも思い出せないという。事故当時、彼女に身元を特定できるような所持品はなく、病院側も途方に暮れているようだ。この身元不明の少女の特徴は…………。

プロローグ

「白河《しらかわ》せんぱーい。いないんですかー」

夜の校舎に私の声が響く。返事は、ない。

「榊原《さかきばら》です。来ましたよー」

もう一度、辺りに呼びかける。それでも、私の声に応える者はいない。

ここは正確に言うと、待ち合わせ場所から少し離れているのだけど、先輩が来ているのなら、私の声は聞こえるはずだ。

「人を呼び出しといて、まだ来てないのかしら……」

そう呟《つぶや》いて、私は夜の暗闇の中、先輩に指定されたベンチに向かうため歩を進めた。その足が重く感じるのは、街灯のおかげで夜でも明るい今の場所から、三方を校舎に囲まれた、真っ暗な中庭に移動しようとしているからだろうか。やっぱり一人だとちょっと怖い。

べちゃべちゃ。

　コンクリートで舗装された場所から、土がむき出しの中庭に入ったので、靴の裏の感触が変わる。先ほどまで降っていた雨のせいで、地面はかなりぬかるんでいる。

　それにしても……。転校してきたばかりで、知り合ってまだ一日も経っていないような私に、あの白河美里《みさと》先輩がなんの用事があるのだろう？　それも、午前零時に一人で学校まで来いだなんて。まるで昔の学園サスペンスみたい。

「……まさか先輩が冷たい死体となってベンチに転がっているなんてことはないわよね」

　我ながら探偵趣味満載の独り言だった。

　懐中電灯で足下を照らしながらベンチを目指す。

　本当はもっと前の方に明かりが欲しいんだけど、何かにつまずいて転倒でもしたら泥で服が汚れちゃうので、しょうがない。

　確か手紙には大きな木の前にあるベンチって、書いてあったわよね……。

　そう考えていると、すぐに懐中電灯の光が大木をとらえた。

「ここか」

　懐中電灯を持つ左手を左右に動かして、ベンチを探す。すぐに右側にあるベンチを見つけることができた。なるほど、あの位置にあれば、座った時にこの大木を鑑賞することができるってわけだ。でもライトの範囲が狭いので、ベンチ全体を照らすことができない。

「先輩、いるんですか？」

呼びかけながら、近づく。またも返事はなかった。

その時。私は突然、なぜかはわからないけど、とても嫌な予感がした。まるで、そのベンチの上で先輩が本当にもの言わぬ死体となっているかのような、嫌な予感が。

ごくり。

生唾を飲み込む。

きっと気のせいだ。自慢じゃないが、私の勘はまるであたったためしがない。今回もきっとそうだ。私はベンチの右端に照準を合わせた。そこの闇がかき消される。そこから徐々にライトを持つ手を左にスライドしていく。

「誰もいない……」

安堵《あんど》にも似た声が、私の口から漏れる。ベンチ全体が濡れていることから、雨が止んでから、誰もここには座っていないみたいだ。どうやら、杞憂《きゆう》だったようね。

ん？　ちょっと待って。

だったら先輩はまだ来ていないってこと？　先輩とは知り合ったばかりだけれど、あの人は待ち合わせに遅れるようなタイプには見えなかった。どちらかというと、一時間前から待っていて、相手が来ると平気で、

「ふふふ。私も今来たところなの」

とか言いそうなタイプだろう。

しばらく待っても先輩が現れる気配はなかった。私が諦めて寮の部屋に戻ろうとした時、懐中電灯の光がベンチの傍にある何かを照らし出した。

「っ!?」

恐る恐るそれに近づいてみて、私は目を見張った。

「先輩！」

私の視界に入ってきたのは、うつ伏せに倒れていた白河先輩の姿だった。うつ伏せでも、顔が横を向いていたので、彼女の顔はわかった。でも、それは昼間会った彼女のそれとはまるで違った様相を見せていた。

苦痛に歪《ゆが》んだ顔。ぎょっと見開かれた双眸《そうぼう》。ピクリとも動かない四肢。そして何より背中に突き刺さったナイフ……。

ひと目で、彼女が絶命しているのがわかった。苦痛にまみれた表情の先輩は、昼間に会った時と同じ制服姿で、肩には彼女のものと思われるスクールバッグをかけていた。私が持ち前の探偵趣味と好奇心で考察できたのは、それくらいだった。私だって十六歳の女子高生だ。好奇心は恐怖心にあっさり敗北し、次の瞬間、私は自分でもびっくりするくらいの叫び声をあげていた。

それは夜が闇を増す午前零時頃。私、榊原来夢《らいむ》はこうしてこの学園を舞台にした連続殺人事件に巻き込まれた。

これから、以下六章にわたって繰り広げられる物語が、どんな言葉で締めくくられることになるのかは、今の私にはまだわからない。唯一言えるのは、このプロローグを含め、これから書かれることが一切嘘偽りのない事実であるということだ。

さて、そろそろプロローグを終えて第一章に移ろう。時間は少しさかのぼって、これより数日前。私は突然、この学園に転校することになった。

第一章

〝転校生〟というのは、どんな気分なんだろう？

小学生の時から私は時折そんなことを考えていたように思う。だから、中学生になって、クラスに来た転校生が私の隣の席に座ることになった時には、思い切ってどんな心境なのか訊いてみた。

「え？　転校してきた感想？　変なこと訊くのね。あなた」

今思えば、かなりおかしな質問だったかもしれない。でも、その子は私の不躾《ぶしつけ》な問いに、苦笑しながらも答えてくれた。

「うーん。よくわからないってのが答えかな」

「どういうこと？」

「あたし、これで転校するの自分でも何回目なのかわからないくらいなの。十回超えた辺りから、数えるの止めちゃった。最初の頃は、仲のいい友達と離れ離れになるのが嫌で、とても寂しかったような気もするけど、今はもう慣れちゃったわ」

「へえ」

「自己紹介も自分の中でパターン化しちゃったし、黒板の中心に名前を書かれるのも、またかって感じね。なんで先生っていう種族は転校生が来ると、黒板に名前を書きたがるのかしら。それも決まって白チョークで。黄色や赤を使った人は今まで一人もいなかったわ」

「そりゃ、名前を書かないと、転校生の名前がどんな漢字で書くのかわからないからじゃない。片仮名や平仮名を使う場合もあるだろうし。白チョークなのは一番見えやすいからよ。赤なんかで書かれたら、後ろから見えにくいじゃない」

私の真面目な返答に、その子は一瞬ポカンと口を開けたかと思うと、

「あなたって面白いわね」

と、クスクス笑い始めた。その子とは、その後、お昼を一緒に食べたり、テスト前には一緒に勉強したりするなど、割と懇意な間柄となった。でも、二ヶ月が過ぎた頃、彼女は言った。

「あたし、また転校するんだ」

そう告げられた時の、私の心境はどんなものだっただろう？　寂しさ？　諦め？　あんまり覚えていない。

「せっかく仲よくなれたのに」

「ごめんね。来夢。あたし、あんたのこと期間は短かったけど、本当の友達だって思ってるから正直に言うけど、こういうシチュエーションにも慣れてるんだ。仲のいい友達ができても、親の仕事のせいで、すぐに離れ離れ。もういい加減、うんざ

り……」

おそらく彼女の中では、自己紹介や黒板に書かれる名前と同様、友人との別れもパターン化されていたのだろう。要するに、そういうことだった。転校なんてものは、見送る側も、迎える側も、そしてその当人でさえ、非日常なのは最初だけで、繰り返すにつれて、それが普通になるんだ。あの子もひょっとしたら今頃、どこかで何回目かになる固定化された自己紹介をしているのかもしれない。白いチョークで彼女の名前が書かれた黒板を背にして。

なぜ私がこんな中学生の現代文の授業にでも出てきそうな命題を考えているのかというと、至極簡単な話が、私が〝転校生〟となるからである。

始まりは五月のある朝のママとの会話だった。日曜だったのでたっぷり十時まで寝て、顔を洗おうと二階から下りてきた私が目にしたのは、大きなトランクにいそいそと衣類を畳んで詰め込み、荷造りをしているママの姿だった。

「何よこの荷物。旅行にでも行くの?」

私が訊くと、

「いいえ。引越しよ」

そっけなく答えるママ。

「ふうん」

そのまま、寝ぼけ眼で洗面所へ。

朝から何をしているのかと思ったら、引越しの準備だったのか。

……って、ええー！

歯ブラシを口に突っ込んだまま、ママのもとに駆け戻る。

「なんでよ！」

「お父さんの転勤が決まってね。単身赴任させるわけにはいかないし」

「そんな急に言われても」

「そりゃそうよ。母さんだって今朝聞かされたんだから」

「パパから？」

「ええ。今朝、出かける時に、『そういえば、随分前から転勤が決まっていたが、伝えるのを忘れてた』って」

そんな大事なこと忘れたりするだろうか？　と、普通なら考えるかもしれないが、私は、いや、パパならありえるなと、思ってしまう。何せウチのパパは、よく言えばマイペースで自由奔放、悪く言えば、自己中心的で我儘《わがまま》な性格。職業は大学教授。西洋の歴史を研究する傍《かたわ》ら学生達に教鞭《きょうべん》を執《と》っている。研究室に籠《こも》って、家に帰ってこないことなんてしょっちゅうだし、たまに帰ってきても、家族そっちのけで書斎に籠って文献を読みあさったりしている。とにかく自分の興味があることにしか力を注がず、それ以外にはまったくの無関心。だからパパにとってはきっと転勤のことなんて気に留めるようなことじゃないのだ。

「突然転勤なんて言われて驚かなかったの？」

「いつものことでしょ。これぐらいで狼狽《うろた》えているようなら、お父さんみたいな変人とは結婚できないわよ」

こんなことを平然と言ってのけるママは偉大だと、私は思った。私はくれぐれもパパみたいな変人とは結婚しないようにしようっと。

「そういえば、引越しってどこに？」

素朴な疑問を口にする。私は何気なく訊いたのだが、ママの口から出てきた地名に耳を疑った。

「パリよ」

「え？」

「だからパリよ。フランスの首都の」

フランス！

私の頭の中で、エッフェル塔やら凱旋門《がいせんもん》やらが、次々に浮かび上がってくる。

「どうしたの？　鳩《はと》が豆鉄砲くらったみたいな顔して」

「豆鉄砲どころじゃないよ。機関銃並みだよ、この驚きは！　街歩いてて、いきなり見知らぬ紳士に襲撃された気分だわ！　てっきり国内だと思って、北海道や沖縄ぐらいの距離なら我慢しようと思ってたのに！」

「そうね。母さんも最初は驚いたわ」

ママはあくまでも呑気《のんき》である。

「そういう問題じゃないよ！　学校はどうすんのよ！　それに私、フランス語なんて喋《しゃべ》れないよ。英語すらよくわかんないのに！」

「大丈夫よ。行くのは母さんだけだから」

「へ？」

「だから、フランスについていくのは母さんだけ。あんたは隣の県に引越し」

そんな馬鹿な！

「フランスに行かなくていいのは助かるけど、なんで隣の県に行かなきゃいけないのよ！」

「だって、高校生の娘に一人暮らしさせるわけにはいかないでしょ。だから、隣の県にある、全寮制の高校に編入させることにしたから」

「そんな高校があるの？」

「ええ。私立の中高一貫の高等部よ」

「私、今の学校にいたいわ」

「我儘言わないの。あんた毎日ご飯作ったり、洗濯したり、掃除したりできないでしょ」

「う……」

確かに、私の家庭科の成績は人に誇れるものじゃない。以前、調理実習で目玉焼きを作ろうとして、フライパンの上で黄身を消滅させたり、上着の袖のボタンをつけようとして、腕が出せなくなったり、混ぜてはいけない洗剤同士を一緒に使って、危うく死にかけたりしたなどの前科がある。

「ったく、そんなんじゃどこにもお嫁に行けないわよ」

余計なお世話だ。今の世の中、何も女性が家事をやるとは限らないじゃない。フランス料理のシェフとでも結婚すれば問題ないわ。私がそう言うと、

「屁理屈《へりくつ》だけはパパに似て一丁前ね。とにかく、もう今朝のうちに手続きは済ませてあるから、諦めなさい」

そんなぁ。

かくして私は人生で初めて、転校という体験をすることになってしまったのだった。


今時、いくら生徒を欲している私立の高校といっても、途中編入するには、編入試験をパスしなければならない。聖南学園の編入試験は主要三科目で行われる。

娘一人置いて夫婦でフランスに行くというママからの電撃告知から数日経った編入試験当日、朝早くから電車を乗り継いで学園に到着した私は、お昼までには英語と国語の試験を終えていた。文系科目は得意なので、その二科目の解答用紙を提出した段階でなかなかいい感触を覚えていた。

でも、問題は午後からある数学！　正直、あんまり得意じゃない。中学まではそんなに苦手じゃなかったんだけど、高校に入ってからはだんだんと授業についていけなくなった。小まめに復習はしてきたので、教科書レベルならなんとか解けるけど、応用問題となるとまるで手が出ない。どうやら大学教授のパパ（といっても専門は歴史だけど）の頭のよさは、私には遺伝しなかったらしい。

悪あがきとはわかっていても、私はコンビニのサンドイッチをパクつきつつ、持参した参考書を眺めながら昼休みを過ごした。

案の定と言うかなんと言うか、数学の試験の出来はさんざんだった。いや、できることなら言い訳をさせてほしい。私の数学力云々以前に問題が難しすぎたのだ。東大や京大の入試問題に出されてもおかしくないと思えるほどの難問のオンパレードで、手をつけられる問題は皆無と言ってよかった。問題を作った奴に、私を落とそうという悪意があるんじゃないかと軽い疑心暗鬼に陥ったほどだ。わからないぶん、時間だけは大量にあったので、とりあえず部分点を稼ぎまくろうと、全ての問題に手をつけたけど、望みは薄い。人生で最も長い九十分が終わり、試験官に回収される解答用紙を期待半分、不安半分で見送りながら、私はひたすら神に合格を祈った。

神様への祈りが通じたのか、はたまた数学以外の二教科に救われたのか、数日後、私は無事に編入試験の合格通知の入った封筒を受け取ることができた。その封筒には合格通知の他に編入に必要な書類、それから編入試験の総合得点と教科別の得点などが書かれた一枚のプリントが入っていた。やはり自分が何点取ったのか気になるので、まずそのプリントから見ることにした。それによると、各教科の配点は百点で、全体で三百点満点。学園側の合格基準点は百八十点となっている。つま

り、六割取れれば合格ってことだ。そして気になる私の点数はというと、

国語　80点（おっ、結構取れてるじゃない）
英語　90点（割と問題も簡単だったし、こんなもんかな）
数学　12点（…………）

……うん、国語と英語に関してはこの際置いておこう。数学の点数が低いのも予想通りだ。でも一つだけ言いたいのは、
いくら苦手とはいえ、真面目に勉強してきた生徒が一割しか取れない問題を編入試験に出すな！

ってこと。

まったく！　もし不合格になってたらどうすんのよ！

しかも全体の得点を見てみると、

国英数合計　182点

……危ないところだった。あと三点低ければ、本当に路頭に迷うとこだったわ。同年代の学生達が学校へ通う中、公園で鳩にエサをやっている自分を想像したら、ちょっと身震いがした。

……まあいいや。無事に合格できたんだし。数学の問題作成者に若干の敵意を感じながらも、私は気を取り直して、編入手続きの書類を書くことにした。

試験に比べ、編入手続き自体は簡単なものだった。合格通知と一緒に封筒に入っていた数枚の書類に必要事項を記入し、前の学校からの簡潔な紹介状一枚を添えて学校に送っただけで私は晴れて聖南学園の生徒となることができた。それにしても、いくら私立とはいえ、詳しい身分証明や顔写真の提出が求められなかったのには驚いた。おかげで、生徒手帳に貼る顔写真が必要になった時に、わざわざ本屋の軒先に置いてある証明写真機まで出かけて指定のサイズのものを撮るはめになった。ママとパパが既にフランスに飛び立って、仕送りされている生活費で暮らしている私にとって、七百円は結構な出費だ。まったく、証明写真ってなんであんなに値が張るのかしら。あれで夕飯のおかずが二品は買えるのにね。

数日後の日曜日。大きなスーツケースに当面の生活用品を詰め込んだ私は長年住み慣れた我が家を後にし、聖南学園の女子寮へと向かった。

荷物が多く、電車での移動は大変なので、少々お金はかかるけど寮へはタクシーで行くことにした。道が空いていたので二十分で到着。

ふう。

運転手さんにお金を払い、荷物を降ろして、ちょっと一息。

防犯のためか、厳重に石塀で敷地を囲まれた建物を見上げる。

ここが今日から私が住む寮か。

思っていたより綺麗《きれい》なところだ。鉄筋コンクリートの表面がまだ真っ白なのを見ると、建てられてまだそんなに年月が経っていないのかもしれない。

大きめの集合住宅のようなものが四棟も連なっている。男子寮は別にあると聞いているから、これが全部女子寮ってこと？　うーん。まあ学校全員の女子が暮らしているんだから当然と言えば当然か。

それにしても、私はどの棟に行けばいいんだろう？

しばらく考えて、入口のすぐ近くにいた警備員を見つけ、その人に訊いてみることにした。親切な人で、事情を話すと、私を部屋がある棟の玄関まで送ってくれた。

玄関に入り、靴を脱ぐ。下駄箱があったけど、どれを使ったらよいのかわからないので、とりあえずそのまま地面に揃えといた。

二階にあるということはわかっていたので、とりあえず二階へ。階段を上ると、長い廊下。両側には部屋のドアが等間隔でびっしりと奥まで続いていた。私は自分の部屋番号を探して、一つずつ、ドアを確認しながら、歩を進めた。結局、私の部屋は、廊下の一番奥にあった。

女子寮B棟の221号室。私はその木製のアンティークなドアをノックした。すぐに中から「はあい」と声がしてドアが開いた。

「ああ。あなたが新しいルームメイトだね。どうぞ上がって」

そう言って迎えてくれたのは、腰くらいまでありそうな髪をポニーテールでまとめている、いかにもスポーツ系少女といった感じの女生徒だった。最初になんて挨拶しようか迷っていた私としてはこういったフランクな対応はありがたい。

「失礼します」

部屋に入ってまず目に入ったのは、窓際に置かれた二人ぶんの机だった。左側の机は何も物が置かれておらず、綺麗なのを見るに、そっちが私が使うものだろう。右側の壁に面した机の上にはペン立てや置き時計、学校で使う教科書などの勉強道具が雑然と置かれていた。教科書に至ってはもはや置いてあるというより積み上げていると書いた方が正確である。どうやらこの元気系のルームメイトはあまり几帳面ではないようだ。

「あはは。あたしの机、散らかってるからあんま見ないでね」

と、彼女は言った。けれども、私の目が向かったのは彼女の机ではなく、その横にある本棚だった。

「わあ。これって全部推理小説ですよね。すごーい。クリスティ文庫の本が全部ある。あっ、こっちにはブラウン神父のシリーズやエラリー・クイーンの国名シリーズまである」

そこに網羅された国内外のあらゆる推理小説の配列に、私の口は反射的にその台詞を喋っていた。内心、しまったなと思った。初対面の人間、それもこれからルームメイトになろうかという人の前で自分の趣味を露呈してしまうような発言は慎むべきだったと感じたからだ。でも私の心配は杞憂に終わった。

「あなたもミステリー好きなの？」

私のルームメイトは驚きと喜びを孕《はら》んだような声でそう訊いた。

「うん。小学校の高学年頃からだったかな。図書館でホームズの本読んでそれ以来」

「本当!?　あたしも実はそうなんだっ！　小学校五年の時。読んだのは、ホームズじゃなくてポアロだったけど！」

単純だけど、私はこの時、この娘《こ》とはこれから親友になると確信した。向こうもそう考えたようで、私達はどちらからともなく握手を交わし、

「私、榊原来夢。木偏に神様の神って書く榊に原っぱの原で榊原。来夢は来る夢って書きます。今度、高等部二年に編入することになりました。どうぞよろしく」

「あたしは、青山胡桃《あおやまくるみ》。苗字の方は青い山って書いて、胡桃はそのまま漢字で書くんだ。あたしも同じ高等部二年だよ。こちらこそよろしく」

なんて一応の挨拶を交わした後、なんとなくおかしくなって、これまたどちらからともなく笑い合った。

すっかり意気投合した私達はそれからしばらく荷物を置くのも忘れ、一番好きな作家の話や最近読んだ推理小説、お気に入りのトリックの話などミステリー談義に花を咲かせた。

さすがの元気系少女——青山胡桃も私の知識には驚いたようで、素直に感心しているみたいだった。

「へえ。あんたすごいね。あの小説の内容をそこまで詳細に記憶しているなんてさ」

こういう反応はとても嬉《うれ》しかった。普通の人だと、『黒死館殺人事件』の顛末《てんまつ》を

スラスラ話す女子高生がいたら確実に引いているところだろう。

私は改めてこの同居人の少女を観察した。初対面では何かスポーツをやっているような印象があったけど、よく彼女を見ると、あまり日焼けをしている様子がない。室内を見回しても、バドミントン等の室内競技の道具は見当たらないし、壁にはスポーツ選手のポスターなんかも貼られていない。身長も私とあまり変わらず、腕や足の筋肉も激しい運動をやっているような感じではない。ただ、非常にうらやましいことに、彼女の胸は私のよりだいぶ大きかった。そんな私の視線に気づいたのか、青山さんは訝《いぶか》しげに訊いた。

「何?」

「DかEはあるでしょ」

「何がよ!」

と言いながら、しっかり両腕で胸を隠す。悔しいのでこれ以上この話題には触れない。ともかく、彼女は、文化系の部活か帰宅部のどちらかのようだ。

「それにしても、この部屋って、玄関から遠くない?　探すのにちょっと手間取っちゃった」

私がそう言うと、青山さんは子供のように無邪気に微笑んだ。

「じゃあここで問題！　あたしが入学した時、部屋はまだいくつか空いていたんだけど、あたしはあえてこの入口から遠い部屋を選んだんだ。なんでだかわかる？」

おっと。いきなり問題とはいかにもミステリーマニアがしそうなことだ。私は自分の中の好奇心が高ぶるのがわかった。よーし、受けて立とうじゃないの。私は左手の人差し指と親指を顎の辺りにあてて潜考を始めた。

うーん。どうしてだろ。わざわざ他の部屋が空いているのにこんな条件の悪いとこに住むなんて。何か合理的な理由が……。

「じゃ一つだけヒントね。この寮棟とこの部屋の番号」

寮棟と部屋番号……。確かここは女子寮のB棟で部屋番号は２２１……。

B２２１……。２２１B……。あっ、そうか！

私は思いついたことをそのまま口にした。

「２２１Bってホームズが暮らしていた、ベーカー街の番地じゃない！」

世界一の名探偵として知られるシャーロック・ホームズと助手のワトソンが一緒に住んでいるのはロンドンのベーカー街ってところなのは素人でも知っていると思う。でもその下宿所の番地を聞かれたらちょっとしたホームズ狂《フリーク》でないとなかなか答えは出ない。

「そゆこと。いやあホントよかったよ。わかってもらえる人が来てくれて」

青山さんは随分と嬉しそうだ。そりゃそうだ。私だってこの問題に答えられる人に出会っていたら同じ反応をするだろう。類は友を呼ぶというやつだろうか。

「近頃の子、特に女の子はミステリーなんか読まないじゃん。不思議な出来事に対する好奇心より、誰と誰がつき合っているとかいう色恋沙汰への関心が強いみたいだしさ。あたしにゃ、さっぱり理解できないけどね」

「同感。私だったらそんな時間があるならミステリーの新刊でも読むんだけどな」

「おお、やっぱりあたし達、気が合うね」

出会ってほんのちょっとだけどホント青山さんの言う通りだ。私達は気が合う。

「ねえ榊原さん」

「来夢でいいよ」

「そっか。わかったよ。あたしのことも胡桃でいいからね」

そうざっくばらんに言ってから、胡桃はこう切り出した。

「ところで来夢、ミステリー研究会に入らない？」

「ミステリー研究会？　そんなのがあるの？」

「うん。あたしが部長やっているんだ」

「へえ。すごいじゃない」

「って言っても、部員はあたししかいないんだけどね」

胡桃は、あっけらかんと笑って言う。開いた唇から覗《のぞ》く八重歯が可愛いかった。

「どんな活動をするの？」

「うーん。平たく言えば推理小説専門の文芸部みたいなもんかな。何ヶ月かに一度部誌を出してそこに部員の書いたミステリーを載っけて売るんだ。その売り上げが次回の活動費にプラスされるってわけ。まだ人数がいた頃は放課後みんなで集まって、さっきみたいなミステリー談義をしたりしてたな」

そう語る胡桃はどこか昔を懐かしんでいるように見えた。きっと部員が自分だけになって寂しいんだろうな。

「活動はだいたいそんな感じかな。どう？　来夢。入ってみない？」

促されるまでもなく私の心は決まっていた。野球が大好きな少年は何部に入るか？　某少年漫画の主人公のようにサウスポーに転向する時の基礎体力作りという目的でもない限りサッカー部に入るという人はいないだろう。当たり前のように野球部に入るはずだ。では、推理小説が大好きな文系少女が入る部活は？

答えは明白。

「もちろんよ。そんな楽しそうなこと、やらない手はないじゃない」

私は二つ返事で胡桃の誘いに乗った。

私が簡単な荷物整理を済ませると、胡桃は学園を案内してくれると言ってきた。

「校舎って、ここから遠いんじゃないの？」

私が尋ねると、

「うんにゃ。全然。歩いて二分くらいだよ」

「そうなの？　来る時にタクシーから見たら、もうちょっと手前に校舎が建ってた気がしたんだけどなぁ」

「ああ。それは中等部の校舎だよ。高等部の校舎は、この寮よりまだ先」

「へえ。そうなんだ」

「あ、ちょっと待っててね。学校に行く時は制服じゃないといけないから、着替えるよ」

胡桃はそう言うと、ハンガーにかかっていた制服を取って、着替えを始めた。私は一応、制服を着てきていたので、着替えの手間は省けた。

それから十分後。

実際に高等部の校舎まで行ってみると、胡桃の言った通りだった。話をしながら歩を進めているとすぐに、桜並木のアーケードに差しかかって、その奥にある鉄筋コンクリートの真新しい校舎が視界に入ってきた。

「綺麗な校舎ね」

「三年くらい前に改築したばっかりだからね。でも学園自体の歴史は結構古いよ。創立が確か明治四十年だったかな」

「そんなに前なの？」

「できた当初は、女学院だったけどね。全寮制なのは元からみたいだけど。平成になって、少子化の煽《あお》りを受けて、共学になったってわけ。だから男子の数は少ないよ。中高合わせて女子が千人以上いるのに、男子は三百人もいないんだ」

「なるほど」

私はさっきまでいた女子寮を思い出した。そんなに女子が多いんじゃ、あれくらいの規模が必要なのも頷《うなず》ける。

「私の前の学校ができたのは平成に入ってからだったわ。歴史なんて、ないに等しかったな」

「だったら後で資料室とか見てみるといいよ。珍しいものが色々あるからさ」

「珍しいもの？」

「そう例えば――昔の推理小説の初版本とか」

「本当!?」

私は胸が躍るような感じがした。ミステリーマニアにとって、初版本は普通の本とは違う。なんたってその本が著された当時に、作者がまだ現役で筆を執っていた時代に発売された代物だ。普通に本屋で売っているようなものとは希少価値が違う。それが見られるなんて！

「早く行こうよ。胡桃」

私は桜のアーケードを一気に駆け抜けた。

「ちょっと待ってよ」

胡桃が慌てて追いかける。

「あんた場所わからないでしょ！」


校舎に入ったところで、胡桃がふと立ち止まった。

「どうしたの？」

「いっけない。午前中に職員室に顔を出すように言われてたの忘れてたよ」

「休みの日なのに？」

「寮が学校から近いからね。よくあることだよ」

「へー。さすが全寮制ね」

「というわけで少し職員室まで行かなきゃいけないんだ。どうする？　一緒に来る？　それとも待ってる？」

職員室なんて好き好んで行くような場所じゃない。ましてやよく知らない学校のならなおさらだ。でも、ただ待ってるのも退屈だし……。

「先に資料室とやらに行っててもいい？」

「別にいいけど。大丈夫？　この学校結構広いよ。迷わない？」

「大丈夫よ」

私は胸を張った。こう見えても、子供の頃遊園地の迷路の最短クリア記録を更新したことがあるんだから。胡桃に資料室までの道を教えてもらい、階段のところで別れた。

よーし。行きますか。待ってなさいよ、初版本！

三十分後。私はものの見事に道に迷っていた。

「うーむ。私って意外と方向音痴なのかも……」

休みの日だけあって、普段は賑《にぎ》わっているであろうリノリウムの廊下は閑散としている。私以外に人気《ひとけ》はない。しばらく階段の上り下りと廊下の歩行を繰り返していると、明かりのついた部屋が見えた。ドアの上の方にかけられたプレートには〝資料室〟の文字。

「やっと見つけたわ……」

部屋の明かりがついているってことは、もしかしたら胡桃が先に着いているのかもしれない。スライド式のドアを開けると、埃っぽい匂い。予想通り、胡桃は既に到着していた。私の姿を目に留めるや、すぐさま入口に駆け寄ってくる。

「やっと来たね。今探しに行こうかと考えていたとこだよ」

「ごめん。迷っちゃった」

「だから言ったのに」

「だってあんなに入り組んでるとは思わなかったんだもん」

「まったく」

胡桃は呆《あき》れて笑い出した。私もつられて笑う。そこへ、資料室の奥からもう一人の人間がやってきた。

「その子が胡桃の言っていた新しいルームメイト？」

「はい先輩。やっぱり迷ってたみたいです」

なんだ。てっきり胡桃だけだと思ってたのにまだ人がいたんだ。制服のリボンが青なのを見ると、三年の先輩らしい。

「ああ。紹介するね」

胡桃は私とこの先輩の仲介役を始めた。

「この人は白河美里先輩。あたしの前にミス研の部長をやってたんだ。中学生の時に書いた推理小説が、学生ミステリー大賞を獲ったこともある、すごい人なんだよ」

「え!?　そうなんですか？　すごい！　それって、プロの推理作家への登竜門と呼ばれる賞じゃないですか！　それを中学生で獲るなんて！」

興奮気味に私が言うと、先輩は謙遜したように、

「そんなにすごいものでもないのよ。まぐれで獲れたようなものだから。実際、その後にも何本か書いたんだけど、なんの賞にも引っかからないんですもの」

柔和そうな人だ。なんとなく、小さい頃よく遊んでくれた近所の優しいお姉さんを思い出した。

「で、こっちが今度、私のルームメイトになった榊原来夢。彼女もかなりのミステ

リー好きで、ミス研に入ってくれることになったんです」

「まあ」

白河先輩は目を輝かせた。

「そうだったの。私が受験のために早い時期に部活を辞めてしまったせいで、胡桃一人になってしまって心配していたのよ。だからあなたが入ってくれるなら、とても嬉しいわ」

「いえいえ。私も筋金入りのミステリーマニアですから、胡桃にミス研の話を聞いたら、絶対に入部したいって思ったんです」

「それは何よりだわ。来夢――って呼んでもいいかしら？　素敵な名前だもの」

「ええ」

「胡桃と同じ部屋って言ったわよね？」

「ええ。そうですけど」

「あなた、あの話は知ってるの？」

あの話？　なんのことだろう？

「先輩、来夢にまだその話は……」

胡桃が焦ったような声を出した。

「そう。まだ教えてないのね。だったらいいわ。忘れてちょうだい」

「気になります。教えてください」

「どうでもいいつまらないことよ。なんでもないわ」

そこで言葉を切って、先輩は私に聞こえるか聞こえないかの声で、

「あれから三年も経つんだもの。風化して当然だわ」

「え？」

「なんでもないわ。ところで来夢、好きなんでしょ、ミステリー。あなたのお気に入りの探偵は誰？」

この取ってつけたような話題転換は、知らないのならこれ以上踏み込むなという先輩からの警告のように思えた。……ここは、大人しくそれに従うことにしよう。

「うーん、好きな探偵は一杯いるんですけど、一番はやっぱりホームズですね」

「あら。私もそうなのよ。やっぱりホームズが一番よね。胡桃ったら、前から一番はポアロだって譲らなくて」

「え？　あ、そうなんだよっ。先輩ったらいつもホームズホームズって。あんな薬中男のどこがいいんだか」

それからしばらくホームズ派とポアロ派の論争が行われた。それはそれで楽しい

お喋りの時間だったのだが、私の頭から、さっき先輩の言った〝あの話〟というのが消えることはなかった。この白河美里という人は第一印象の通り、気立てのよい優しい先輩で、転校してきたばかりの私のために学園のことを事細かにレクチャーしてくれた。一部、既に胡桃から受けている説明と被っているものもあったが、私にとって新鮮な発見の連続だった。胡桃が彼女を慕っているのも当然と言えよう。

「あらいけない。そろそろ塾が始まる時間だわ」

資料室のかけ時計を見て白河先輩が言った。楽しいことをしていると時間が経つのは本当に早いもので、私がこの部屋に来てからゆうに一時間は経過していた。

「塾に行ってるんですか？」

なんとなしに私は尋ねた。

「ええ。これでも受験生ですもの。学校が終わると、毎日、夜遅くまでね」

「大変ですね」

「今日はまだいい方よ。日曜日だから、八時には帰れるんだもの」

と、白河先輩は朗らかに笑ったが、日曜日に塾に行かなければならない時点で、私なら憂鬱だ。あーあ、来年は私も受験生だし、そろそろ塾に行かなきゃいけないのかなぁ。

「先輩、七時くらいから雨が降るって、天気予報で言ってたんで、傘持っていった方がいいですよ」

胡桃が白河先輩に忠告する。

「そうなの？　ありがとう。そうするわ。じゃあ、私はこれで」

白河先輩はそう言って去ろうとしたが、資料室の扉を開く手を一旦止め、こちらを振り返ると、

「あなた達とはまたこうやって話がしたいわ。時々あなた達の部屋に遊びに行ってもいいかしら？」

『もちろん！』

私と胡桃は即答した。

けれど、それから白河先輩が私達の部屋を訪れることは永遠になかった。

そう、永遠に……。

その手紙が私達の部屋に届けられたのは、その日の夜。消灯時間の直前、私がベッドに寝転がって雑誌を読んでいた時のことだった。

コンコン。

ドアをノックする音が聞こえた。

誰だろう？　今日この寮にやってきたばかりの私を訪ねる人はいないだろうから、胡桃の友達かな？　あ、でも、胡桃は今、シャワーを浴びているから私が出るしかないか。

「今開けまーす」

一応かけておいた鍵を外し、ドアを開ける。そこには誰もいなかった。

辺りを見回すが、誰もいない。もしやと思って、ドアで死角になっているところも調べたけど、そこにも人の姿は確認できなかった。

そんな馬鹿な。ここは角部屋だ。階段からこの部屋までは、長い廊下の一本道。ノックの音がしてから私がドアを開けるまで、三十秒と経っていないはずだ。そんな時間でここから階段まで移動するなんてオリンピック選手でも不可能である。

ふと下に視線をやると、そこに落ちているものに目が留まった。

「手紙？」

それは青い封筒だった。表を見るとそこにはワープロ文字で〝榊原来夢様へ〟と書かれていた。

「私宛？」
不思議に思いながらも開封し、中身を一読する。そこには宛名と同じ書体で以下のようなことが書いてあった。

お話ししたいことがあります。他人には聞かれたくない内容なので、この後、午前零時に中庭に一人で来てください。大きな木の前のベンチでお待ちしています。必ず来てください。

白河美里

きな臭い、というのがその手紙を読んでの感想だった。白河先輩がわざわざ手紙を使って私を呼び出すなんておかしい。用事があるなら部屋に来るか廊下で呼び止めればことが足りる。それに普通、待ち合わせに午前零時なんて時間を選ぶだろうか。それも「一人で」だなんて。ますます怪しい。
……ああ、そうか。わかった。これは白河先輩からの挑戦なんだ。ミステリー好きの私を試そうという魂胆だろう。まったく、先輩もよっぽど暇なのかしら。誘いに乗るかどうか迷ったけど、先輩からの呼び出しを拒むわけにもいかず、真夜中の学園に忍び込むという好奇心から、私は中庭に行くことを決意していた。

さて、ここで話はようやく冒頭に戻ることになる。プロローグでも述べたように、私はこの後、中庭で白河先輩の遺体を発見することになる。しばらくして私の悲鳴を聞いた警備員が駆けつけ、先輩が死亡しているのを確認、警察に連絡してくれた。しかし、私はこの時点では、自分の立たされている状況がいかに危ういものであるのかということに微塵《みじん》も気づいてはいなかったのだ。

第二章

私が白河先輩の死体を見つけて数時間後、学園は騒然となっていた。その日の授業は当然中止になり、生徒は寮で一日を過ごすよう命じられた。が、第一発見者の私だけは、視聴覚室にあてがわれた取調室で警察の事情聴取を受けることになった。私の取り調べを行ったのは、犬飼《いぬかい》という この事件の捜査主任の警部だった。

「すると君は被害者から手紙で呼び出されたと言うんだね」

犬飼警部が私に訊いた。年齢は三十代半ばくらいだろうか。まだまだツヤのある黒髪をオールバックで固めているのが特徴的だった。

「はい。これがその手紙です」

「ふむ」

警部は手紙を一読し終えると、

「しかし呼び出された時間はここにも書いてあるが真夜中の零時だったんだろう？人と待ち合わせるにはいい時間とは思えないが」

「それは私もそう思いました。でも、白河先輩が私を驚かせるために仕掛けたいたずらくらいに思っていたので、あえて乗ってあげることにしたんです」

「なるほど」

警部は黒い手帳を開き、何かを確認し始めた。

「だがそうすると妙なことになるな」

「妙なこと？」

「昨夜、雨が降っていたのは知っているね？」

「ええ。夜の七時くらいから降り始めて、数時間で止みましたけど」

犬飼警部は私の返答に、満足げに頷いた。

「その通り。もっと正確に言えば、午後七時十三分に降り始め、午後十時半には止んでいる。そして君が死体を発見したのが午前零時だ。ここまではいいね？」

「ええ」

「君の証言はこうだったね。消灯直前の午後十一時前に手紙を手に入れ、午前零時に中庭に行ったところ、死んでいる被害者を発見した」

「その通りです」

「雨でぬかるんだ地面には歩けば足跡が残る。現場に着いてすぐ警察が調べた結果、現場には被害者と君、そして君の悲鳴に駆けつけた警備員の足跡しか残っていないことが判明した――おかしいとは思わんかね？」

「何がおかしいんですか？」

「被害者の靴跡があったということは、被害者が中庭に来たのは雨が止んだ後だ。

そして君と警備員以外の足跡がないということは、被害者が中庭に入ってから君が来るまでの間、中庭に出入りした人間は誰もいないってことになる。そしてまさにその誰もいるはずのなかった時間帯に被害者は殺されているんだ」

そんな馬鹿な！　それじゃ、犯人は一体どこに消えたっていうのよ！

「そう。一見不可能犯罪のように見える。しかし、ここで一人だけ犯行が可能な人物がいる」

犬飼警部の言わんとしていることがわかって、私は背筋が凍りつくような心地がした。

「唯一犯行が可能な人物、それは第一発見者——つまり君だということだ」

一瞬、部屋中が静寂に支配された。ハッと我に返った私はすぐに否定した。

「そんな！　私やってません」

「まあ落ち着きなさい」

落ち着けって方が無理よ！

「警察としてもこんな短絡的に結論づけたくないのだが、現場の状況はあまりにも君に不利すぎる。君ならば雨が止んだ午後十時半以降、おそらくルームメイトに怪しまれないように消灯時間が過ぎてから被害者を殺し、その場で待機、午前零時になってから何食わぬ顔で悲鳴をあげることで犯行は十分可能だからな」

犬飼警部は刑事が犯罪者を見る時独特の眼光で私を見据えた。あの目！　まずいな。この人絶対に私が犯人だと思っている。なんとかして疑いを晴らさないと。冤《えん》罪《ざい》で捕まるなんてごめんだわ。その時、ある考えが浮かんだ。よーし、これなら。

「犯行なら私以外にも可能ですよ」

「ほう。誰だい？」

「私の後に来た警備員さんですよ！」

他人に罪を着せるようでいい気分はしないが、背に腹は変えられない。

「雨が止む前に中庭に隠れていた彼は、雨が止んだ後やってきた先輩を殺害。その後、後ろ向きに歩いて中庭を出る。そして私の悲鳴を聞いて中庭に来る時に、その足跡を踏みながら来れば、彼にも犯行は可能なはずです！」

我ながら上手い返しだと思った。

「確かに、少し無理があるようだが、考えられなくはない」

「だったら……」

「しかし、それはありえない。死亡推定時刻の午後八時半から十時半の間、彼は他の警備員と一緒にいたと証言していて、その裏も取れている。彼には完全なアリバイがあるんだ」

「そんな……」

「つまり、どう考えても、犯人は君しかいないということになる」

「……………」

ダメだ。この警部の言う通り、状況的に犯行が可能なのは、私しかいない。でも、神に誓ったっていい。私は絶対にやってない。その後犬飼警部は現場の状況を細部まで淡々と説明した。私はそれを熱心に聴いたが、やはりどこにもつけ入る隙はなかった。一応、ここにも現場の状況を簡単に図式化したものを載せておく（図1及び拡大図）。

結局、完全な証拠が出るまで私の身柄を拘束することはできないということで、私は一旦解放された。白河先輩、昨日はあんなに元気だったのに。どうしてこんなことになったのだろう。

学園から寮までの帰り道のことはよく覚えていない。気がつくと私は、女子寮B棟の221号室の前に立っていた。

「おかえり、来夢。なんか大変なことになっちゃったね」

ドアを開けると、胡桃が出迎えてくれた。

〈図１〉

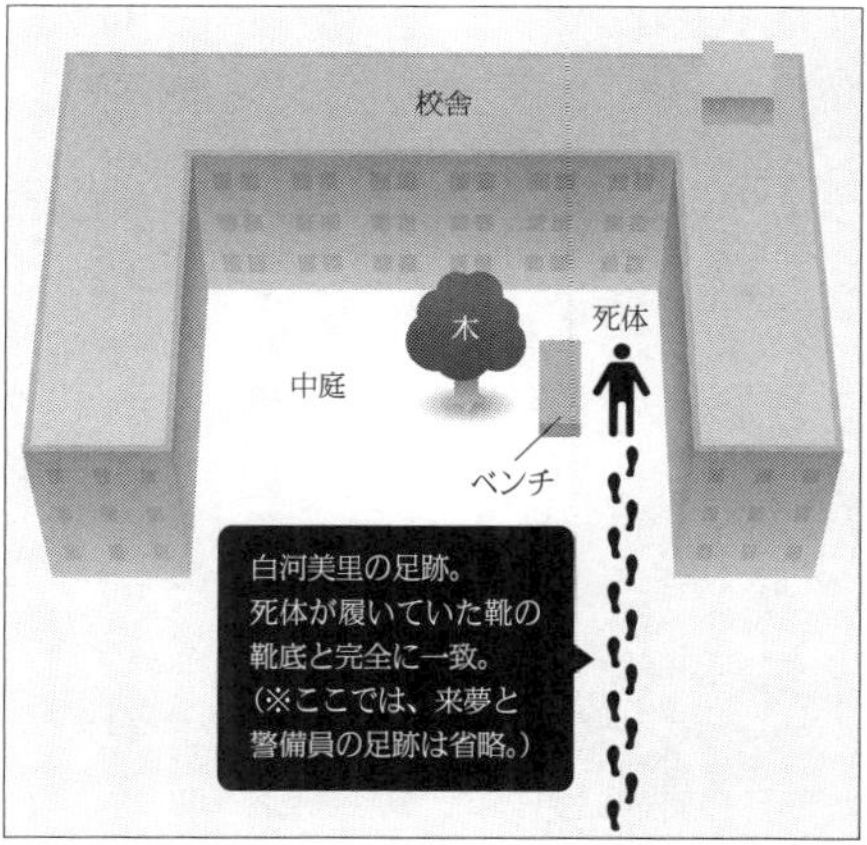
校舎
木
死体
中庭
ベンチ
白河美里の足跡。
死体が履いていた靴の
靴底と完全に一致。
（※ここでは、来夢と
警備員の足跡は省略。）

〈拡大図〉

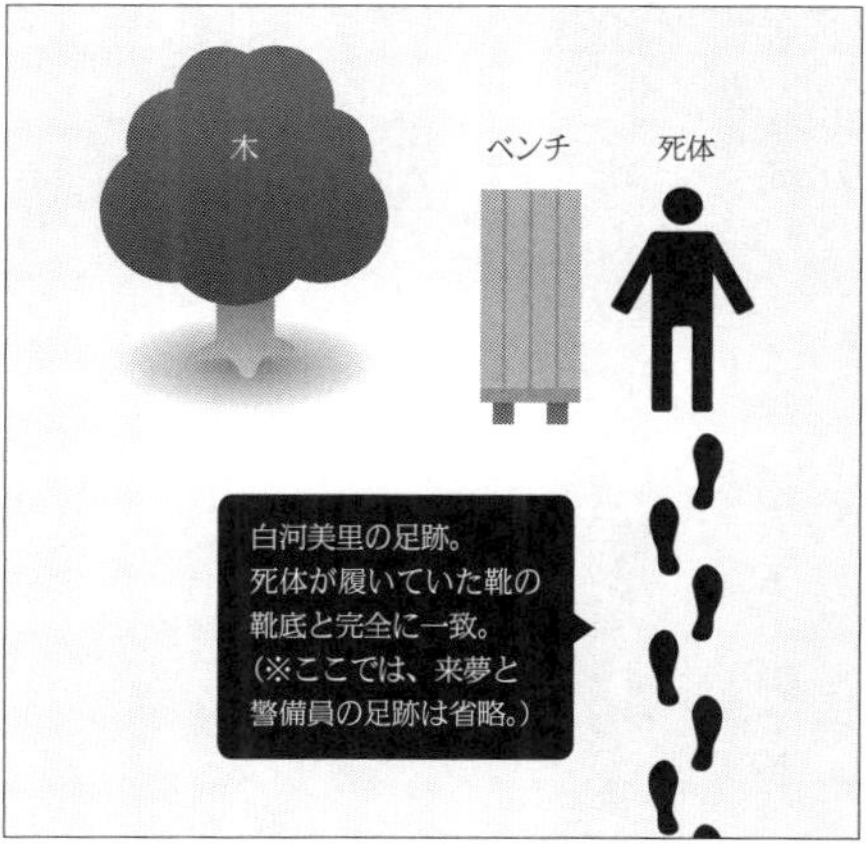
木
ベンチ
死体
白河美里の足跡。
死体が履いていた靴の
靴底と完全に一致。
（※ここでは、来夢と
警備員の足跡は省略。）

さすがに仲がよかった先輩が殺されたことがショックなのか、悲しみと絶望の表情を浮かべていたが、私の立場を慮《おもんぱか》ってか、それを隠して、私の心配をしてくれていたようだった。

そんな優しい友達に隠し事はしたくないので、簡単に今私が置かれている状況を打ち明けた。

「ふうん。なるほどね。その警部が来夢を疑ってるんだ」

「そうなのよ。状況的に犯人は私しか考えられないって。確固たる証拠が出れば逮捕するみたいなことを言ってたわ」

「マジ？　冗談抜きで、このままじゃやばいじゃん」

そんなことはわかってる！　早く無実を証明しないと、ブタ箱行きは確定だわ。この歳で前科者になるのはまっぴらごめんよ！

「でも、その手紙をよこした犯人が廊下から消えたって謎の方なら簡単だよ」

「え？」

「この部屋の隣の２２０号室ってさ、今は誰も生徒は入ってないんだよ。鍵もかけてないから、隠れるにはうってつけの場所だと思うな」

なんだ。そんな簡単なことだったのか。ビビって損したな。

「それで、先輩が殺されたのはいつ頃なの？」

「死亡推定時刻は午後十時半頃らしいわ」

「随分ピンポイントで絞り込んでるね。普通死亡推定時刻って何時から何時っていうふうに一、二時間は間があるんじゃない？」

「うん。それは私も不思議に思って訊いたわ。犬飼警部が言うには、午後八時半から午後十時半っていうのが本当の死亡推定時刻らしいんだけど、白河先輩の足跡が中庭に残ってたから、先輩が殺されたのは雨が止んですぐの午後十時半頃だろうって」

「なるほど。八時半に先輩が殺されたとしたら、犯人の足跡も、先輩の足跡も雨で洗い流されちゃってるもんね。でも、そうなると……」

と、胡桃はしばらく何やら考えた後、パチンと指を鳴らした。

「わかった！　先輩が殺されたのは十時半よりも前だったんだよ！」

「え？　だって足跡が残ってたのよ？」

「だからそれは犯人のトリック。いい？　犯人はまず、まだ雨が降っている時間帯に先輩を殺害するの。こうすると、行きの足跡は雨で消えるでしょ？　んでもって雨が止んでから先輩の靴を履いて、後ろ向きに中庭を出れば、その足跡は先輩が十時半頃中庭に来た時のものに見えるってわけ」

なるほど！　と、一瞬納得しかけたが、私はすぐにその推理が間違っていることに気づいた。

「それは無理だわ」

「どうして？」

「だって、靴は先輩が履いたままだったんだもん。犯人が先輩の靴を履いて中庭を出たんなら、どうやって、その後、靴を先輩の足に履かせたの？」

「あ……」

胡桃があんぐりと口を開けて固まる。私はさらに追い討ちをかける事実を告げた。

「ちなみに先輩と同じ靴を用意してそれを使って足跡をつけたって線もないわ。現場についてた足跡と、先輩が履いていた靴が綺麗に一致したらしいから。靴底についた細かい傷まで含めて完璧にね」

「それじゃあ完全に八方塞がりじゃん！」

胡桃が叫んだ。そう。完全な手詰まり。この状況で、私以外の人間にどうやって殺人が可能だというのか。私はもう自分で自分が信じられなくなっていた。

「あんたも私がやったんだと思う？」

やけになって私は訊いた。

「んにゃ。全然」

胡桃はあっけらかんと言った。

「どうして?」

「んー、なんていうか来夢とはまだ知り合って間もないけどさあ、人を殺したりするような奴には見えないよ。それにさ……」

しばらく沈黙して、胡桃は照れくさそうに続けた。

「あたし達ってなんていうか、もう友達じゃん。あたしは友達のことは信じるよ」

その言葉に私は随分救われた思いがした。視聴覚室での取り調べ以来、このまま冤罪を被《こうむ》るのではないかという不安で、私の精神は少し不安定気味だった。そのぶん私にとってその胡桃の言葉はとても温かいものだった。

「ま、あくまでもあたしの勘だけどね!」

「ありがとう胡桃」

とりあえずお礼を言っておく。でも安心してばかりもいられない。私の容疑はまだ何一つ晴れてないのだから。さて、これからどうしよう。まずは私にかけられた嫌疑を晴らさないと何も始まらないのはわかっている。でもわからない。真犯人がどうやって足跡を残さずに先輩を殺害したのかが。さっきからずっと考えているのに何も浮かんでこない。誰かの助けを借りたいけど、これはフィクションなんかじゃなく、本物の殺人事件だ。他人を巻き込むわけにはいかないし……。

「そうだ！」

胡桃が突然立ち上がった。

「どうしたの？」

「こういう時、頼りになる人がいるんだった！」

喜色満面の笑みを浮かべて、胡桃は私の手を取った。

「ついてきて。来夢を救ってくれる人のところへ案内してあげるよ」

「ちょっと待ってよ。私を助けてくれる人って？」

「会わせてあげるよ。本物の名探偵に！」

「着いたよ」

胡桃が私を連れてきたのは、学園の図書館だった。大きな建物だ。私が前に通っていた学校の体育館くらいはある。これが全部図書館なのだとしたら、一体どれくらいの本があるんだろう。

「胡桃の言う名探偵って誰なの？」

自動ドアをくぐりながら私は尋ねた。

「鵺夜来人《ぬえやらいと》っていう数学の先生だよ」

「なんだか変な名前ね」

「でしょ。だからあたしはD君って呼んでるけどね」

「D君？」

「そ。探偵って意味の英単語、DETECTIVEの頭文字を取ってD君」

「安直なネーミングね。それに、君づけなんて目上の人に失礼じゃない？」

「んにゃ。そうでもないよっ。実際、D君ってあたし達とそんなに歳離れてないし」

「そうなの？」

「うん。あたしも一度世話になったことがあるんだ。だからD君って呼称にはちゃんと敬意もこもってるんだよ」

しばらくして、私達は階段に行き当たった。ここは一階なのに上に行く階段に加え、下に行く階段がある。

「地下まであるの？」

「うん。D君はその地下資料室にいるんだ」

「なんで数学の先生が地下資料室なんかにいるの？」

「なんでもアパート借りるお金がなくて、校長の慈悲でそこに住んでるらしいよ」

……呆れた。どこの世界に学校に住み着く教師がいるのだろう。本当にそいつ大丈夫なんでしょうね？

「ここから先は来夢一人で行って」

「胡桃は一緒に行かないの？」

「ごめんね。あたし今からちょっとやることがあるんだ」

友達がピンチの時に薄情なことを言う奴だ。

「大丈夫だよ。D君なら、きっとなんとかしてくれるよ」

そんな他力本願でいいのかな。

「それから、これを持っていって」

胡桃は私に紙袋を渡した。

「何これ？」

「万が一、D君が渋った時のためのエサだよ」

エサ？　鰹節でも入っているのだろうか。

「じゃ、あたしはこれで！」

「ちょ、胡桃」

……本当に行ってしまった。これで私に残された道は一つね。ええい、ダメで元々だ！　私は階段を下り、〝地下資料室〟とプレートの入ったドアをノックした。

ノックからしばらく、

「ふぁーい」

という間の抜けた返事と共に一人の男が顔を出した。自分達とそんなに歳が離れていないっていう胡桃の言葉から私は大学卒業したての、いかにも女生徒から人気の出そうな活気ある好青年をイメージしていた。

ところが、今私と顔を合わせているこの男ときたらどうだろう！　髪はボサボサに伸びていて、目なんかは前髪に隠れてほとんど見えない。おまけに服装ときたら、よれよれの白衣に丈の長いズボンというなんともだらしないものだった。

身長は一七五～一八〇センチ、体重は六十キロぐらいと推測できる長身痩躯《そうく》な体型。年齢は二十代前半、いや、もっと若い。おそらく私と三つも離れていないだろう。どう見ても、十七、八歳くらいの少年だった。

「ん？　キミは誰だ？」

「あの、私、榊原来夢といいます」

「榊原来夢……。どっかで聞いた、いや、見た名前だな」

そう呟きながら、部屋の奥へと入っていく。

中に入れってことなのかな？

こぢんまりした入口とは対照的に部屋の中は広々としていた。壁面には本棚がズラーッと並べられており、それでもしまいきれない本が床に積み上げられていた。部屋の中央は彼の生活空間になっているのか、ソファやテーブル、テレビなどが置いてあった。

「見た名前って……私、この学園に通うの、今日からなんですけど」

足下に散らかっている彼の私物を踏まないように進みながら、私は言った。

「ん？　どういうことだ？　キミは高等部の二年生だろう？」

「え？　なんで学年を知っているんですか？」

驚いて尋ねると、先生は黙って私の胸元のリボンを指した。

「それだよ。うちの学校は学年ごとにリボンの色が違っているだろ。緑は二年生だ」

言われてみれば、簡単なことだった。驚いてなんか損した気分。

「で、なんで二年生のキミが今日初登校なんだ？」

「転校生なんです。私」

「転校生……ああ!」

先生は何かを思い出したように、振り返った。その拍子に前髪が揺れて、彼の目が顕わになった。その瞳は見事なまでの灰色をしていた。

「どこかで見た名前だと思ったら。実は、キミが受けた編入試験の数学の問題は僕が作成してね。採点も僕がやったのさ」

「え! 本当ですか!?」

ってことは、あの嫌がらせのような難問だらけの試験を作ったのはこいつか!

この人の作った問題のおかげで、私はもう少しで試験に落ちるところだったのだ!

「それにしても、あの点数で合格できるなんて、よっぽどキミは運がいいんだな」

……は? 今こいつなんて言った?

「一応、全部の問題に解答してあったが、加点の対象になったのは、二問だけ。後は全部解答のベクトルが完全に違う方向へ向かっていた」

「な……!」

私は思わず何も言い返せないでいた。自分の成績の悪さを恥じたわけじゃない。

初対面の、しかも生徒に向かってよく合格できたねだの、運がよかったんだねだの

失礼なことを躊躇《ためら》うこともなく吐《ぬ》かすなんて！　なんて先生だろう！　私が怒りでわなわな震えていると、

「だいたい座標平面で考えれば楽に解ける問題を図形のままで解こうとするなんて、愚か者のやることだ。それで答えが合っているなら、僕も何も言わないが、途中で力尽きて、グチャグチャで汚い式が並べてあるだけだった。まさに愚だよ、キミ」

などと、また失礼なことを言う！

「そこまで言うからには、先生は随分自分の頭に自信がおありなんですね」

言うまでもないがこれはもちろん皮肉だ。しかしこの男にアイロニーは通用しなかった。言葉を文字通りに受け取ったらしい。

「まあな。僕は自分で言うのもなんだが、かなりの天才なのさ」

これを自画自賛と言わずしてなんと表現すればいいだろう。つまるところ、この鵜夜来人という男は典型的な自分大好き人間なのだ。

正直、ここまで自尊心の強い性格の持ち主を私は他に知らない。

「先生って友達いないでしょ」

「ふん。友達なんていなくても生きていけるさ。仲間を欲しがるのは低能だという証拠だ。群れを作るという意味では動物的だとさえ言える。そもそも……」

「いや、もういいです」

もう何を言っても釈迦《しゃか》に説法……いや、この場合は馬耳東風かな。完全に理論武装をしているこの男に口喧嘩《げんか》で勝てる見込みはありそうもない。

「そういえば、キミは何か用があって来たんじゃないのか？」

そうだ！　こんな話している場合じゃなかった！

「私を助けてほしいんです」

私は事件について知る限りのことを全て話した。昨日の夜届けられた手紙のこと、白河先輩を発見した時の状況、警察が言っていた足跡のことなど、それらを全て聴き終えた先生の反応は――。

「あいにく僕は今忙しい」

と言って、パソコンに向かって某人気動画サイトを閲覧するというなんともそっけないものだった。とても忙しそうには見えない。

「そんなこと言わずにお願いします」

「面倒だから嫌だ。だいたい、僕のことを誰に聞いた？」

「ルームメイトの青山胡桃って子に」

「胡桃君か。余計なことを」

「先生と胡桃はどういう知り合いなんですか？」

気になったので訊いてみた。

「知り合いも何も、彼女がやっている部活の顧問だよ」

胡桃がやっている部活っていったら、ミステリー研究会のことじゃない！

「私もミステリー研究会に入ったんです。顧問の先生なら助けてください」

「はっはっは、YA☆DA☆NE」

殺意が湧くほど、ムカつく言い方だ！　女の子がここまで頼んでいるというのに、コタツに入った猫のようにその場から動こうとしない！　なんて男だろう！

一体どうしたら……あ！　思い出した。まだ私には切り札があることを。

「ああ。そうだ。胡桃が先生にこれを渡せって」

先ほど胡桃からもらった紙袋を見せる。

「ん？　なんだ、それは？」

「さあ。なんか本みたいのが入ってますけど……」

「こ、これは！」

一冊取り出してみせると、鵺夜先生は、さっきまでの無気力が嘘のような過剰な反応を見せた。

「僕が探していた『少女探偵アリス』の初版限定本じゃないか！　普通のやつとは表紙のイラストが違うから、僕にはわかるぞ！」

　本の表紙には、鹿打ち帽にインバネスコートというシャーロック・ホームズのコスプレをした可愛い女の子のイラストが描かれていた。これって確か何年か前に流行った探偵ものの漫画じゃない。主人公のアリスという女の子が萌《も》えるとかで男性を中心に、今でもコアなファンが多いと聞く。どうやらこの先生もその一人らしい。

「表紙にミスが見つかったとかで、わずか一ヶ月で店頭から姿を消したという幻の初版本……！　欲しい！　是非欲しい！　というか、よこせ！」

　本に向かって伸びた先生の腕をひょいとかわす。

「私のお願いを聞いてくれたら、あげます」

「……」

「……」

　睨《にら》み合うこと数秒。ついに先生は折れた。

「わかったよ。冤罪でもなんでも晴らしてやるから、早くそれをくれ！」

　サンキュー胡桃。エサは効果覿面《てきめん》だったわ。

「ひゃっほう！　やったぜ！　いやあ、嬉しいなあ。実に嬉しい！」

紙袋を手渡すと、鵺夜先生は飛び上がって喜んだ。欣喜雀躍《きんきじゃくやく》とはこのことだ。

「ところで、読んでからじゃダメ？」

「ダメ！」

「わかったわかった。それじゃ、この本、あそこの本棚に並べておいてくれ。僕は少し外に出る準備をする」

そのくらい自分でやりなさいよ、と思ったけど、一応頼み事をする立場なので、素直に従う。

本棚には多種多様なジャンルの本がバラバラに収まっていた。どうやらこの鵺夜来人という人間はかなりの乱読のようだ。私は上の段に適当なスペースを見つけると、背伸びをしながら左手を使い、紙袋から取り出した漫画を詰め込んだ。

「うぉおお！　太陽が目にしみる！」

図書館から出て、お日様の光にあたった鵺夜先生の第一声がそれだった。

ヴァンパイアか、あんたは。

「あんな暗い部屋にずっといるからよ」

冷ややかに言ってやる。

私はもうこの人に敬語を使う気もなくなっていた。

「日光なんかにあたらなくても死にはしない。そもそも原初の時代、太陽光は生物にとって猛毒だったんだ。自分達の祖先にとっての劇物がないと生きていけないとぬかすなんて、人類はパラドキシカルな存在だ」

先生は自らの哲学を語る。どうでもいいけど、あんまり理屈っぽいと、女の子にモテないよ。

その時、グラウンドの方から白い物体が飛んできて、先生の頭に直撃した。

「ごふっ！」

吹っ飛ぶ先生。そのまま地面に倒れ込んだ。

先生にあたって勢いを失ったそれはコロコロと地面を転がり、私の足下で止まった。

「なんだ。野球のボールじゃない」

見ると、グラウンドでは、野球部がバッティング練習をしていた。失くしたボールは後で探すつもりなのか、このボールを拾いに来る部員はいない。

「痛《い》てて……」

先生が起き上がる。

「大丈夫ですか？」

「大丈夫なわけないだろ！　硬球が頭にあたったら、死ぬかもしれないんだぞ！　下手すりゃ、馬鹿になってしまうかもしれない！」

この人にとっては、死ぬよりも、馬鹿になる方が悪いのだろうか。

「ああ、このままアホになったらどうしよう！」

頭を抱えて嘆く先生。その姿はアホそのものだった。

「それにしても、殺人事件が起きたってのに、野球の練習とはね」

と言いながら、私は冷やかな目をグラウンドに向けた。

「同感だな。数少ない男子が野球部で頑張っているとは聞いたが、休校の日まで練習しなくてもいいのに。休みの日は家でゴロゴロするのが一番だとは思わないか？」

世間ではそれをダメ人間と言うのよ、先生。

先生は地面に転がったままのボールを拾って、私に渡した。

「投げてくれ。体を動かすのは苦手だ」

普通こういう場合、女の子に投げさせるものなのかな。私は、渋々ボールを受け取った。

届くかな。左手でボールを掴み、ワインドアップで思いっきり放った。ボールは綺麗な放物線を描き、グラウンドの中央辺りに落下した。

「いい肩してる」

「そりゃどうも」

「願わくば、僕の頭にあてた奴の顔面に命中させてほしかったが」

……根に持つ奴だ。

中庭では警察が未だに捜査を続けていた。キープアウトの黄色い線に阻まれて、一般人は中に入ることができない。

「あれがキミを取り調べた刑事か？」

と、先生は、オールバックの髪型と高そうなスーツでキメた犬飼警部を指差した。

「ええ。よくわかったわね」

「簡単さ。いかにも現場責任者って風貌だ。思い上がりの強い馬鹿に限ってあんなのが多い」

「でも、あの若さで警部ってことはそれなりに優秀なんじゃないの？」

「ふん。警察なんてのは無能の集まりだからな。ちょっとでも賢い馬鹿がいたら、そいつは優秀とみなされてしまうのさ」

そう言い残すと、先生は犬飼警部に近づいた。慌てて私も跡を追う。

「こら、なんだキミ達は！」

境界線に迫ってくる私達に気づいた犬飼警部は慌てて止めに入った。

「鵺夜来人という者です。この学園で数学を教えています」

「教師だと？　随分若いな。どう見てもまだ高校生か大学生に見えるが？」

「この人はこう見えても、本当にこの学校の先生で、学園の地下室に住み着いている変人なんです」

私は正確な説明をした。変人という言葉に、先生が私に抗議の視線を向けたけど、気にしない。

「で？　その数学教師がなんの用だ？」

「僕にこの事件を捜査させてください」

この傍若無人な申し出にはさすがのエリート警部も不意を突かれたようだったが、すぐに冷静な対応に切り替えた。

「ダメだダメだ。素人に現場を荒らさせるわけにはいかん」

「必ず解決してみせますから」

「ダメなもんはダメだ。お前みたいなやつに犯罪捜査の何がわかると言うんだ。とっとと帰って部屋の中で数式でもいじってろ！」

警部の一喝で、私達は中庭を追い出された。

「ちくしょう。なぜだ。漫画やアニメじゃこういう時、探偵役には現場を見せるのが常識ってもんだろ」

そりゃ、現実の殺人事件なんだから、先生みたいなのがいきなり現れて捜査させろって言っても、すんなり現場に入れてくれるわけがないじゃない。下手すりゃ、公務執行妨害で逮捕だわ。

「どうするの？　先生。いきなり暗礁に乗り上げたみたいだけど」

「キミはハムラビ法典を知っているか？」

「目には目をってやつでしょ。それがどうかしたの？」

「権力には権力で対抗するってことだよ」

先生は、白衣のポケットから携帯電話を取り出すと、どこかに電話をかけ始めた。電話がつながると、先生は何やら話し始めたが、急に小声になったので、会話の内容は聞き取れなかった。

「――はい。じゃあお願いします。ええ。このままその刑事に代わるので少し待っていてください」

先生は私についてこいと手で合図すると、携帯を通話中にさせたまま、中庭に向かって歩き始めた。

「警部さん！」

わざとらしく犬飼警部に駆け寄る先生。

「またお前か！　今度はなんだ」

「この人があなたと話したいそうです」

と、彼は通話中にしたままの携帯を手渡した。

「なんで私がそんなことを。だいたい相手は誰なんだね」

「いいから。出てみればわかりますよ」

警部はしばらく躊躇《ちゅうちょ》して、訝しげに携帯を受け取った。

「もしもし。あんた一体——。は？　ええ!?　失礼しました！」

電話の相手が誰なのか、彼にはわかったらしい。すぐさま目の前に誰もいないにもかかわらず、ビシッと敬礼のポーズを取った。

「えっ？　この少年にですか？　しかし、……はい。わかりました。あなたがそうおっしゃるなら」

大きなため息と共に電話を切ると、警部の態度はさっきとは一変した。

「入っていいぞ。但し、あんまり現場を荒らすなよ」

「わかっていますよ。まあ僕に任せておいてください。彼女にも、訊きたいことがあるので、中に入れても構いませんか？」

先生が私の立ち入り許可も求めたので、警部はしばらく難しい顔をして考え込んでいたが、やがて妥協してくれたようだった。

「わかった。いいだろう。ただ、完全に自由に歩き回らせるわけにはいかん。俺が監視させてもらう」

「お好きにどうぞ」

先生は微笑を漏らすと右手の親指を突き立て、私に中に入るようにジェスチャーを送った。

「一体誰に電話したの？」

キープアウトの黄色い境界を越えながら、私は素朴な疑問を尋ねる。

しかし、先生は、

「僕は鳴かないホトトギスは、どうやっても鳴かせるタイプだからな」

と真面目な顔で意味深なことを言っただけだった。

「死体はまだここに？」

先生が警部に訊いた。

「いや、もう検死のため署に搬送されたよ」

「じゃあ現場写真でいいので見せてください」

警部は嫌そうにしながらも、写真の束を先生に渡した。

へえ。現場写真ってこんなに多いんだ。厚さにして二センチはあるわね。

先生は一枚一枚丁寧に灰色の瞳を上下左右に動かし観察を始めた。その表情は真剣そのもので、とてもさっきまでの不精な男と同一人物とは思えない。

「ん……」

先生の目が一枚の写真に釘づけになった。覗いてみるとそれは白河先輩の遺体の写真だった。うつ伏せに事切れている先輩の肩から腰の辺りまでを写したものである。

「先生、この写真がどうかしたの？」

「どうやらキミが無実というのは本当みたいだ」

「え？」

「間違いない。犯人は他にいる。この写真が何よりの証拠だ」

先生は断言した。

どうしてその写真だけで私が犯人じゃないってわかるのだろう。

私は訊いてみたかったが、先生はすっかり自分の世界に入ってしまい、ブツブツと独り言を言い始めたので、話しかける余地がなかった。

「……となると、雨が止む前に現場に来ていた犯人が、雨が止んだ後に来た被害者を殺害後、窓から校舎に……。いやダメだ。ベンチの裏から、窓までは最短でも数メートル……足跡をつけずに渡るなんて無理だ。だとしたら屋上からロープでも垂らしてそれを伝っていったか？　いや、腕の力だけで登るのは無理がある。雨で手が滑りやすくなっているだろうし、仮にできたとしても命綱もなしにそんなことをするのはリスクが高すぎる。とてもこんな方法が実践されたとは思えない……」

独り言の内容から察するに、どうやら先生はどうやって真犯人が足跡をつけずに先輩を殺したのかを考えているようだった。

「まだ現状ではデータが足りないな」

と、先生は呟いて、ふと思い出したように、

「警部、そういえば、被害者の足跡はどんな感じでついていたんですか？」

「どんな感じって……。ちょっと待っていろ」

犬飼警部は手帳を取り出すと、そこに簡単な見取り図を描いた。ちょうど、私がこの章の図1で描いたものと遜色ないので、そちらを参照してほしい。

「こんなふうに、ベンチの裏まで一直線だ。綺麗に残っていて、雨にさらされた様子はなかった。そこで、我々は被害者が殺されたのは雨の上がった午後十時半以降と見て、それが可能なのは、ここにいる榊原来夢さんしかいないと現状考えているわけだが」

警部はそう言って、私を横目で見た。やはり、この人は私が犯人だと、信じて疑わないようだ。

しかし、先生はそんなことは気にも留めずに、警部が描いた図に見入っていた。

「綺麗すぎる……」

「ん？　そうか？　そんなに上手かったか、俺の絵」

「違いますよ、警部。僕が言っているのは足跡のことです。あなたの絵はどちらかと言うと、標準以下です」

鵜夜先生はさらりと毒を吐くと、やがて、目を大きく見開いた。

「ああ、なるほど……。その手があったか」

「何かわかったの？」

「ああ。でも、まだこれは推測の域を出ない。焼却炉に行こう。そうすればきっとこの推測は真実に昇華する」

そう言う先生の灰色の瞳は爛々《らんらん》と輝いていた。

焼却炉に行くと、先生は真っ先に火バサミで中を漁り始めた。そして数十秒後、何かを見つけたらしい。

「やはり」

「何かあったの？」

「やはり燃え残っていた。キミ、これがなんだかわかるか？」

「ダンボールの燃え残りでしょ」

私は見たまんまを答えた。

先生が火バサミで掴《つか》んでいたのは、どこからどう見ても、ダンボールの燃えカスだった。

「そう。その通り。これは大きな発見だ。僕の推理を完全に立証してくれる」

先生は愉快そうに笑い出した。どうでもいいが、よれよれの服を着た先生がこんなところで高笑いをしても、食べられそうな残飯を見つけたホームレスにしか見えない。

「なあ来夢君」

馴《な》れ馴れしく下の名前で呼んできた。でも不思議と嫌な感じはしなかった。

「何よ？」

「警部をここに呼んできてくれ。あ、あとさっきの現場写真も持ってくるように言うのを忘れずに」

「も、もしかして、犯人がどうやって足跡をつけずに現場を立ち去ったかわかったの？」

私がはやる気持ちを抑えられずに訊くと、鵺夜先生は首肯した。

「まぁな。アリスのためとはいえ、またつまらない謎を解いてしまったよ」


ここでもう一度、状況を整理しておこう。

警察が現場に入った段階で、中庭には私と警備員の他には先輩の足跡しかなく、そのことから犬飼警部は私しか白河先輩を殺せる人間がいないと結論づけた。

これを覆すには、私に罪をなすりつけた真犯人がどうやって足跡を残さずに中庭を脱出したのか、そのトリックを暴く必要がある……。

鵜夜先生は焼却炉に燃え残ったダンボールから、これを使えばあの状況が生み出せるって自信満々に言っているけど、果たして……。

一抹の不安を抱えながら、私は言われた通り、犬飼警部を焼却炉まで引っ張ってきた。

「連れてきたわよ、先生」

「何かわかったようだな。名探偵さん」

私に連れられ渋々やってきた警部が皮肉たっぷりに言った。どうせ素人には何もわかるわけがないといった感じの言い草だ。それを歯牙にもかけずに先生は続けた。

「まず、はっきりさせておきたいことが一つ。犯人は、この榊原来夢さんではありません」

「ほう。その根拠は？」

余裕綽々《しゃくしゃく》といった感じで犬飼警部が尋ねる。

「先ほど見せてもらった死体の写真ですが、もう一度見せてもらえますか」

「ほら。これがどうかしたのか」

先生は、渡された写真の束の中から目当ての一枚を取り出し、警部に見せた。それはさっきの遺体写真だった。

「見てください、この被害者の腕」

私と警部の視線が写真に写る、白河先輩の左腕に集中した。よーく見ると、さっきはわからなかったが、その腕にはくっきりと人間の爪の跡が残っていた。よほど力強く掴まれたのか、血まで出ている。

「ふん。そんなことか」

警部は鼻を鳴らした。

「そんなことはこっちも気づいとる。犯人が被害者の背中を刺す時に、掴んでできたものだろう」

「ええ。だがこの爪の跡は左手の形をしている。これがどういうことかわかりますか？」

警部は再びフンと鼻を鳴らして、

「そんなものは簡単だ。左手で掴んだってことは、犯人は右手でナイフを刺したんだろう」

「そうです。つまり、犯人は右利きなんです」

「それがどうしたというんだ？　人間はほとんどが右利きだろう？」

「やれやれ」

まだわからないんですかといった風に肩をすくめる先生。日本人がやってもあまり似合わないポーズだけど、先生がやると不思議と絵になる。

そして警部に揺るぎない事実を告げる。

「来夢君は左利きなんですよ」

「なんだと！」

警部の顔に明らかな動揺が浮かんだ。

「君、本当か？」

「ええ。そうですけど」

確かに私は左利きである。

小さい頃から字を書くのもご飯を食べるのも左を使っていたので、一度ママが右に矯正しようとしたけど失敗している。

あれ？　そういえば私が左利きだって先生に話したっけ？

「動作を見れば一目瞭然。棚に本をしまった時に使った手は左手だったし、ボールを投げるのも左だった。気づかない方がどうかしてやがる。まあ――」

警部の方を一瞥《いちべつ》する先生。

「あなたはどうだったか知りませんが」

慇懃《いんぎん》無礼というのはまさにこのことだろう。

案の定、警部の表情がみるみる苦虫を噛《か》み潰したようになる。

「では、彼女以外に誰が殺せたと言うんだ!? 現場には被害者とここにいる榊原来夢、そして彼女の叫び声に駆けつけた警備員の足跡しかなかったんだぞ」

「簡単ですよ。実に単純なトリックです。今からそれを解明してみせましょう。まず、僕が気になったのは被害者の服装です。午前零時に学校で待ち合わせをした人間が制服を着ているのはおかしい。

もし事件が起きなければ、次の日、つまり今日は普通に授業がありますし、この学園の消灯時間は十一時ですから、零時には入浴して服を着替えていたはずです。着ているなら私服のはず。仮に被害者が外へ出るのに制服を着る習慣があったのだとしても、授業もないのにスクールバッグを持っていくわけがない。

来夢君の話では、白河さんは放課後、学習塾に行っている。塾が終わってからそのまま学校に戻ったと考えた方が自然でしょう。つまり、白河さんは実際にはもっと前——おそらく、午後八時半頃には学園に来ていたということです」

「そんな時間に彼女は一体何をしていたというんだ」

「犯人と会っていたんですよ。雨の降る中、中庭でね。そして、そこで殺された」

「馬鹿な。八時半頃ならまだ雨が降り続いていた。被害者がその場で殺され、犯人が立ち去ったのだとすれば、榊原君が死体を発見した時には二人の足跡は雨で綺麗に洗い流されているはず。しかし、実際には、さっき絵に描いた通り、現場には被害者の足跡しか残っていなかったんだぞ」

「だからそれはトリックですよ。しかも、極めて単純なね。これを見てください」

鵜夜先生は警部に先ほどのダンボールの燃え残りを見せた。

「焼却炉に燃え残っていたのを見つけました。犯人はこれを使って、あの状況を作り上げたんです」

「ダンボールを使ってだと？　ん……ひょっとして……。はははは！」

犬飼警部は突然、哄笑《こうしょう》を始めた。

「わかったぞ。お前の言いたいことが。どうせ犯人が二枚のダンボールを交互に足下に敷いて、足跡をつけないように現場を立ち去ったとか言うつもりだろうが、所詮は机上の空論。素人の考えだ。いいか？　確かにダンボールの上を歩けば、足跡をつけずにすむだろう。しかし、ぬかるんだ地面でそんなことをすれば、確実にダンボールの跡が残る。しかし、現場にはそんな痕跡はまったくなかったんだぞ」

……確かに！　犬飼警部の言う通りだ！　鵜夜先生は自信たっぷりだったけど、

これぱっかりはさすがに警部の方が正しい……えっ！　私は先生の表情をうかがって、驚嘆した。

……笑っている。まるで全てが自分の思い通りにいったかのように、鵜夜先生は微笑を浮かべていた。

「違いますよ、警部。全然違います。さっき言いましたよね？　犯人が犯行に及んだのは午後八時半頃だと。その時間だと、どうせ雨に洗い流されるんです。足跡なんか自分で消す必要はない」

「じゃ、じゃあ何を!?　犯人はそのダンボールで一体何をやったって言うんだ!?」

「簡単ですよ。犯人は足跡を消したんじゃない。足跡を保存したんだ」

「え……！」

「な……！」

私と警部の口から驚愕《きょうがく》の言葉が漏れる。

あっけにとられる私達をよそに先生は淡々と推理を続けた。

「犯人の取った行動を再構築してみましょう。まず犯人は八時半頃、中庭に呼び出した白河さんをその場で刺殺。その後、彼女の靴を履いてわざと足跡を残す。そして、ガムテープでつないで作った長さ数メートルのダンボールでその足跡と雨で死体が濡れないように白河さんの体を全て覆う。その後、死体に靴を戻して、中庭を出ると、雨が止むまで待ち、最後に中庭の外から慎重にダンボールを引っ張って回収する。こうすれば、ダンボールで覆ったもの以外の足跡は、二時間降り続いた雨により洗い流され、被害者以外の足跡がないあの状況が完成するってわけですよ」

『っ！』

な、なるほど！　その手があったわね！　私も胡桃も警部もずっと、犯人がどうやって自分の足跡を消したかを考えていた。あの状況ではそう考えるのが普通だし、むしろ、そうとしか考えられない。

でも、鶺夜先生は違った！　発想を逆転させて、犯人がいかにして足跡を消さずに残したのかを推理したんだ！

「頭いい……」

思わず、そう呟いてしまう。

私とそんなに歳が離れていないのに高校の先生をやっている時点で、気づくべきだったのかもしれない。この人、変人だけど、ものすごく頭がいいんだ。

私はそれで納得してしまったが、犬飼警部はまだ得心がいってないようだった。

「し、しかし！　引っ張って回収すると言ったが、水を吸ったダンボールは結構重量があるぞ。いくら慎重にやっても、跡が残ってしまうだろう！」

さすが捜査一課の警部さん。素人の私とは着眼点が違った。

けれど、鵺夜先生はそんな反駁《はんばく》を気にも留めずに一笑した。

「そんなのは簡単ですよ。あらかじめ、ダンボールの表面に防水スプレーをふりかけておけばいい。最近は何時間水に浸けても紙が崩れない強力なやつがありますからね。あ、今思いつきましたが、ダンボールを展開せずに直方体状につなぎ合わせ、底をくり貫いたものを使えば、持ち上げるだけで、簡単に回収できますよ。まあ、これだと必然的にダンボールの量が多くなりますから処分が大変ですが。今となっては犯人がそうしたかどうかはわかりません。まあ、何はともあれ、こうして現場の状況を作り上げた犯人は、ダンボールのガムテープをはがしてバラバラにし、焼却炉に放り込むと、来夢君へ例の手紙を届けた。たぶん、犯人は昨日、来夢君が白河さんと接触したのをどこかで見ていたのでしょう。部屋がわかっているなら、ドアに名前は書いてありますから、来夢君宛の手紙を出すこと自体は誰にでもできる。しかし逆に言えば、別に手紙の相手は被害者の知り合いなら、誰でもよかったのでしょう。最悪、その人物が現場に来ずに、死体の発見が翌朝になっても、屋外に放置されて冷えた死体からは正確な死亡推定時刻は割り出せず、足跡の状況から、第一発見者に罪を着せることができますからね。白河さんが持ってきていたであろう傘は、犯行時刻に雨が降っていたことを隠すために、犯人が持ち去って処分したと思われます」

「…………。き、君は一体どの段階でこのトリックに気づいたんだ？」

犬飼警部が信じられないものを見たような表情をした後、ハッと我に返ったかのように、恐る恐る尋ねた。

「警部の描いた見取り図を見た時です。あの足跡は綺麗すぎです。まっすぐに最短距離で死体のところまで伸びていた。普通、犯人にナイフで襲われたなら抵抗したり、逃げたりした時の足跡くらい残っていますよ。だから、あの足跡は犯人が警察に見せつけるために、わざと残したものだと考えました。後は簡単です。どうやって、あの足跡だけを残すかを考えればいい。もちろん犯人がこのダンボールを使ったという証拠はありません。しかし、これで来夢君以外にも犯行が可能だったということを証明するには十分なはずです」

先生はスラスラと言った。私と警部はその一貫した論理にただただ舌を巻くばかりだった。

警察が何も掴めていない中、ダンボールの燃えカス一つでこの人はここまでの推理を……。すごい……。

「ああ、それと警部さん」

「な、なんだ。まだ何かあるのか」

「僕はただ彼女に、自分の冤罪を晴らしてほしいと頼まれただけです。だから僕の仕事は、彼女の無実を証明することであって、犯人を捕まえることじゃないんですが、ついでなので伝えておきます。犯人は、女性の可能性が極めて高いです」

「な……女が犯人だと!? どうしてそんなことが言える?」

「簡単なことです。犯人は被害者の靴を履いて足跡を残している。被害者の靴のサイズは知りませんが、通学用のローファーだ。男には履けませんよ」

「な、なるほど。仮に無理矢理履いたとしても、あそこまで自然な形の足跡を残すのは不可能だ。それに男なら、もう少し足幅が開いてしまう」

「ええ。右利きの女性——それが今のところわかる犯人像です。しかも、これは綿密に練られた計画犯罪だ。七時頃に雨が降り、数時間で止む夜を天気予報などで調べて実行に移している。しかも、風でダンボールが飛ばないよう、三方向を校舎に囲まれた中庭を犯行場所に選んでいる——かなりの知能犯ですよ。おそらく、万が一にも天気予報が外れた時のことも考えて、その時には別のトリックを用意していたと思われます」

「わかった。捜査の参考にさせてもらう。あの人が君を推すのがわかった気がしたよ。ご協力感謝します。先生」

警部は先生に向かってビシッと敬礼をした。そのポーズには文字通り相手への敬意が込められていた。

「そして、榊原君。君には大変申し訳ないことをした」

額にあてた右手を戻すと、警部は私に深々と頭を下げた。

「君を疑ったのは、安易な結論に飛びついた私の早合点だったと言わざるを得ない。本当にすまなかった」

「いえ。もういいんです」

疑いさえ晴れれば、私はそれでいい。警察の人にそんなに謝られると、かえって申し訳ない気分になる。

「さてと。じゃあ僕はこれで失礼する」

先生が白衣を翻し、その場を去ろうとする。私は慌てて呼び止めた。

「ちょっと。どこ行くのよ」

「決まっているだろ。胡桃君がくれた『少女探偵アリス』の漫画を読むんだよ！

僕はこのために頑張ったんだ。じゃ、そういうことで！」

そう早口で言うと、韋駄天《いだてん》のように走り去ってしまった。

まったく、この人は。本当に子供みたい。

私は彼の後ろ姿に向かって叫んだ。

「ありがとう！」

これが今の私の気持ち。電光石火の早業《はやわざ》で見事に私の無実を証明してくれた、この変わり者の名探偵に敬意を表して、最高の感謝の気持ちを送ってあげた。

でも――。でも、私はこの時まだ気づいていなかった。先輩を殺した殺人鬼が、次のターゲットに狙いを定めていることに。

第三章

翌日。

一日ズレたけど、転校初日ということで、私が校長室に向かうと、そこには温厚で人に好かれそうなタイプのおばあさんが肘かけ椅子に座っていた。

「榊原さんね。どうぞ、そこにかけて」

と、私にソファに座るように勧める。どうやら、このおばあさんが校長先生らしい。私は校長先生というのは、白髪頭に口ひげを生やしたおじいさんがなるものだと思っていたので、ちょっと意外だった。

「転校早々に殺人事件に巻き込まれるなんてあなたも災難でしたね」

私の正面のソファに腰かけ、彼女は言った。

「なんでも警察に疑われたんですって？」

「はい。でももう容疑は晴れましたから。助けてくれた人がいたんです」

「鵜夜先生のことね」

「ご存知だったんですか？」

「校長なんて仕事をしているといろんな噂が耳に入ってくるものなんですよ」

「じゃあ学園のみんな、私が嫌疑の対象になっていたことを知っているんじゃ……」

だとしたら転校生という立場の私にとっては、いきなり友達を作りづらい状況になっていることになる。賑やかな教室で孤立するのはなんかヤだな。そんな私の心情を察したのか校長先生は、

「ふふふ。心配いりませんよ。昨日のあなたと犬飼警部の一件については、私と鵺夜先生を始め、ごく数人の教員しか知りません。一般生徒には広まっていないはずですよ」

「そうですか。よかった」

私は胸をなで下ろした。その時、ドアをノックする音がして、一人の女性が入ってきた。

「お呼びですか。校長先生」

うわあ。すごい美人！　賭けてもいい。百人中九十九人の男は彼女とすれ違ったら後ろを振り向くわね。振り向かない一％は歴史にしか興味ないうちのパパやアリス狂の鵺夜先生みたいな変人達が占めるわ。

「ああ。皆木《みなき》先生。こちらが今度先生のクラスに編入する榊原来夢さん。教室までの案内を頼みます。榊原さん、こちらは、あなたの担任になる皆木先生。英語の先生よ」

私と皆木先生は互いに会釈を交わした。

「よろしくね。榊原さん」

「はい。こちらこそ」

皆木先生が顔を上げると、彼女の髪から甘い匂いがした。

「香水ですか?」

「あら、あなた鼻がいいのね。ほんの少ししかつけなかったのに」

「いい香りですね」

「フランスの香水なのよ。以前、フランスに滞在していた時に買ったの。今じゃもう販売はされてないみたいだけどね。……あら、いけない。もうすぐ始業のチャイムが鳴るわ。榊原さん、早く教室に行きましょう」

皆木先生について二階の二年A組の教室へ向かった。そこが私の新しいクラスだ。先生の後に私が教室に入ると、クラス中がざわつき、クラスメイト全員の視線が私に集まるのがわかった。やはり注目されるのは少し恥ずかしい。

黒板の前に立って自己紹介を始めるとすぐに、クラスの中に見知った顔を発見した。胡桃が自分の席から軽くこちらに手を振っていた。昨日の夜、二人で一緒のクラスだったらいいねと言っていたので、やっぱり嬉しい。転校先のクラスに知り合いがいるっていうのはなかなか心強いものだ。

さらにラッキーなことに、胡桃の隣の席が空いていたため、紹介が終わると、私はそこに座ることになった。胡桃が右手の親指をぐっと突き立てて「やったね」の合図を送ってきたので、私もそれを左手で返した。

朝のホームルームの後、私の席の周りには賑《にぎ》やかな人だかりができた。こうして見ると胡桃の言った通り女子が多い。このクラスは私を含めてちょうど四十人と聞いていたんだけど、見渡す限り、男子は十人もいないんじゃないかな。

思い思いの質問をするクラスメイト一人一人に、ちゃんと受け答えをする。校長の言っていた通り、事件のことを訊いてくる生徒は一人もいなかったので、少し安心。まあ、時折出てくる、

「うちの部に入らない？」

的な質問には、

「ごめんね。入る部活は決めてあるの」

と言ってやんわり断ることしかできなかったから、誘ってくれた相手に悪いなとは思ったけどね。休み時間の名物のようになっていた私の席の周りの人垣も、放課後には完全に姿を消していたので、私と胡桃は気兼ねなく、ミス研の部室へ行くこ

とができた。

「案外綺麗なのね」

部室に入った私の第一声がそれだった。文化系の部室棟の西の隅に位置しているミステリー研究会の部室は、私の予想に反して、整理整頓が行き届いていた。壁の本棚にはびっしりと推理小説が並んでいて、部屋の中央には部員がたくさんいた時にはそれを囲んでみんなでミステリー談義をしたであろう大きな長机が一つ。入って右奥の隅に扉が一つあるのは、部室に備えつけられた給湯室だそうだ。

「胡桃の机の上みたいに、読み終わった本が、そこら辺に山積みになっているかと思ったのに」

「昨日まではそうだったんだけどね」

部室の電気をつけながら胡桃が言う。

「来夢が昨日D君のとこに行ってる間に掃除しといたんだ。これからはあたしだけが使う部屋じゃなくなるしさ」

あの時言っていた用事とはこのことだったのか。ここ二、三日一緒に過ごしてわかったけど、胡桃は、自分のこととなると基本的に大雑把だ。でも、そこに他の人が関係してくると、途端に几帳面になる。この部室のこともそうだし、私達の寮の部屋にしたって、私が来る前に自分の机以外のところは綺麗に掃除をしていたみたいだった。

私は部屋の中央に構える長机の側にあるパイプ椅子に腰かけた。窓からの西陽が反射して眩しく光るピカピカに磨かれた机の表面とは対照に、椅子の方はところどころ錆《さ》びている部分が目立った。

「で、私達はこれから何をするの？」

「前にも言ったけど、基本的な活動は推理小説専門の文芸部だと思ってくれていいよ。好きな推理小説を読みながら感想を言い合ったり、自分でミステリーを書いたりするんだ」

「書くってどのくらいの量を？」

「うーん、あたしも短編しか書いたことないから、長編がどのくらいになるのかまではわかんないけど、短編だと、四百字詰め原稿用紙五十枚から百枚くらいだね」

「なるほど。了解」

私は内心ホッとしていた。原稿用紙五十枚って、学校の作文感覚なら多すぎて、小学生が宿題を出した先生にクーデターを起こしてもおかしくない枚数だけど、私のように趣味で小説を少しでも書いたことがあるような人間には四百字詰め原稿用紙五十枚くらい、物語を書こうと思えばあっという間に超えてしまうことがわかっている。だから、その程度のものを書けばいいというのがわかって、少し肩の荷が下りた。

「でも、いくら量が多くても、ダメだよ。部長であるあたしの眼鏡にかなう作品じゃなきゃ、いくら規定の枚数内でも、ボツを出し続けるからね」

「その点はご心配なく」

私だって伊達《だて》に中学の頃から書き続けているわけじゃないわ。

「おっ、結構自信あるみたいじゃん。でも、書くのは文化祭の時だからまだ先だよ」

「文化祭っていつあるの？」

「十一月だよ。三年生は受験があるからほとんど参加しないけど」

十一月って、あと半年以上あるじゃないの！

「まあ、話の構想だけでも今のうちに練っておけば？　あ、あと、うちの部は各個人違うテーマで書くことになってるから」

「違うテーマ？」

「同じ部誌に載るから、内容がカブんないように、ある人は『密室殺人』、別の人は『アリバイトリック』ってな具合に、ミステリーのテーマを分担するんだ」

「あ、なるほど。そのテーマにそっていれば、内容はなんでもいいわけ？」

「うん。基本的に自由だよ。フィクションでも、ノンフィクションでもオッケー」

「ノンフィクションのミステリーなんか、そうそうあるもんじゃないわよ」

「あはは。それもそっか。でも、それくらい内容に関しては自由ってことだよ。だから今のうちに大まかにでも考えておいた方がいいよ」

「そうするわ」

よーし、文化祭では、最高の作品を展示してやろうじゃない！　構想半年、ミステリー研究会新鋭、榊原来夢が贈る珠玉のミステリー――うん、なんだかいけそうな気がする。出版化されてベストセラーになっちゃったりして……ふふふ、そうすれば印税でミステリー博物館が建てられるわね。

「なーんか変な妄想にふけってるみたいだけど、顔に出てるよ」

「気にしないで。それより胡桃や先輩達が書いたの見てみたいな」

「うん。オッケ」

胡桃は本棚に向かうと、指で本の背表紙を指しながら、目的のものを探し始めた。

「ええと、確かここら辺に……あっ、あったよ！」

胡桃が取り出したのは一冊の冊子だった。それを黙って受け取ると、私は表紙に書かれた文字に心奪われた。

『鵺《ぬえ》の鳴《な》く夜《よ》が明《あ》けるまで』

どうやら、この部誌のタイトルらしい。

「いかにもミステリー研究会の部誌って感じね。いい部誌名だわ」

「でしょ？　あたしも気に入ってるんだ。何代か前の部長が考えたらしいんだけど、未だに使われてるんだよ」

どうやらその題名考案者の部長さんもかなりのミステリー狂のようね。

おそらく、っていうか確実に横溝正史《よこみぞせいし》の『悪霊島』のキャッチコピーから取った部誌名だろうけど、妙なフィット感がある。

私はその部誌をパラパラめくりながら、

「他に活動はないの？」

と、尋ねた。

「あることはあるんだけど、それはまた今度ね。というわけで今日は、ホームズとポアロ、どちらが名探偵かについての会議を――」

胡桃の提案した会議は、この日実行に移されることはなかった。胡桃が台詞を言い終わらないうちに、部室のドアをノックする音がそれを制したのだ。

「誰かしら？」

「さあ。まったく。あたしがせっかくいい議題を思いついたってのに」

胡桃はブツブツ文句を言いながらも、

「どうぞ」

と、訪問者に入室の許可を出した。

「失礼します」

丁寧な挨拶と共に入ってきたのは女生徒だった。

太腿《ふともも》まで伸びた長い髪が先端でクルッとカールしている特徴的な髪型がまず目に止まった。端正な顔立ちで、肌は高麗白磁のように白く透き通っており、ひと目で美少女であることがうかがえる。

「あの、わたし高等部一年の姫草《ひめくさ》さゆりといいます。部長さんはいらっしゃいますか？」

「…………。あ、あたしだよ！　何か用なの？」

胡桃はいきなりの珍しい訪問者に一瞬面くらっていたが、すぐに元気よく名乗り出た。

「ええと、掲示板の張り紙を見たんですけど」

「ああ！　事件の依頼だね！　どうぞ座って」

胡桃は喜色満面といった様子で、長机を挟んで私の向こう側にあるパイプ椅子を客人のために引いてあげた。私は小声で胡桃に尋ねた。

「ちょっとなんなのよ、事件の依頼って？」

「実はさ、ただミステリー読んでるだけじゃ暇なんで、うちの部じゃ、一般生徒から依頼を受けて、事件の調査をしたりしてるんだよ」

「すごいじゃない。まるで少年探偵団みたい」

「それがそんな大それたものじゃないんだよ。今まであった依頼といえば、落とし物探しや迷子の猫探しなんてくだらないものばっかり。恋人の浮気調査なんてのもあった。もちろん即断ってやったけどね」

胡桃は愚痴をこぼすように言った。

私も期待していたわけじゃないけど、実際に起きる事件なんてそんなもんだと思う。

「なんで現実の世界じゃ、ミステリーファンの心をくすぐるような猟奇的な事件が起きないのかな」

と、何気なく呟いたところで、思い出したように胡桃は口をつぐんだ。

そう。猟奇的な事件なら既に起きている。

中庭に横たわっていた白河先輩の死体が私の頭にフラッシュバックした。できればもう思い出したくない光景だ。

「起きたとしても私達には手に負えないでしょ」

嫌な気持ちを払拭するために、私はあえて明るく返した。

「あはは。あたし達の手に負えない時はD君に相談すれば解決してくれるよ」

つまり難しいことは鴉夜先生に丸投げするってわけね。

私達が内輪で盛り上がっていると、

「あ、あの」

依頼人――姫草さゆりが控えめに口を開いた。

「そろそろ話してもよろしいですか」

「――要するに、さゆりちゃんは、あたし達に白河先輩を殺した犯人を突き止めてほしいって言うんだね？」

依頼の内容を聴き終えて、胡桃が言った。

「はい」

さゆり（彼女がそう呼ぶように言ったの）はゆっくりと頷いた。私と胡桃に少なからず動揺が走った。まさかこの事件にもう一度関わることになるとはね。

「あなたと白河先輩はどういう知り合いなの？」

胡桃は不思議そうに尋ねた。

「実はわたし、白河美里の従姉妹なんです。彼女の母親がわたしの父の姉にあたります」

へー。そうだったんだ。そういえばどことなく雰囲気が似ている。

「小さい頃から美里お姉ちゃんにはよく遊んでもらいました。わたし、許せないんです。あんなに優しかったお姉ちゃんを殺した犯人が。だから一刻も早く捕まえてほしいんです！」

さゆりは痛切な胸のうちを明かした。きっと先輩が亡くなったと聞かされた時にはたくさん泣いたんだろうな。

「でもなんでうちに？　警察に頼んだ方がいいんじゃないの？」

胡桃がもっともな疑問を口にした。

「美里お姉ちゃんが言っていたんです。ミステリー研究会の顧問の先生はすごく頭の切れる名探偵だって」

　そういえば、白河先輩は元ミス研の部長だったわね。当然鵺夜先生のことも知ってるわけだ。

「わたし、思ったんです。その人ならきっと警察よりも先に犯人を暴いてくれるって」

　どうもさゆりは鵺夜先生を過大評価しているようだ。確かに探偵としては優秀だけど、人間としては失格の部類に入るような奴だというのに。

「鵺夜先生ってどんな人だか知ってるの？」

　私は一応、さゆりにそう尋ねた。

「いいえ。でもきっと神津恭介《かみづきょうすけ》のように頭がよくて、ルックスも最高、ピアノの腕もプロ級というようなイケメン名探偵に違いないです！」

　間違ってる！　さゆりは激しく間違ってる！　実際の鵺夜先生は、よれよれの白衣を着た、髪がボサボサの、理屈っぽくて皮肉屋で嫌味でアリスオタクなただの変人だ。ちなみにさゆりの言っている神津恭介っていうのは、高木彬光《たかぎあきみつ》の小説に出てくる名探偵で、あの明智小五郎《あけちこごろう》、金田一耕助《きんだいちこうすけ》と共に、日本三大名探偵に数えられているくらいすごい人なの。

「本物の先生に会っても、がっかりしないでね」

一応忠告しておく。

「？」

さゆりは首をかしげていた。

「さゆりちゃん、だったよね。あたし達ミステリー研究会に依頼をするなんてなかなか見込みがあるじゃん。大船に乗ったつもりでいていいよ。あたしは部長の青山胡桃。で、こっちは期待の新人、榊原来夢だよ」

「ふぇ？　他の部員さんはお休みですか？」

「ふふふ。さゆりちゃん、あたし達は少数精鋭なんだよ。わかった？」

「は、はい！　わかりました」

妙な胡桃の語気に押されて、タジタジになる後輩だった。ていうか、胡桃、これは少数精鋭っていうより単に過疎ってるだけなんじゃないの？

「ところでその子は？」

私はずっと気になっていた質問をした。あえてスルーしてきたけど、このさゆりという少女は、部屋に入ってきた時からずっと一体の人形を抱えていたのだ。豪奢《ごうしゃ》なドレスに身を包んだ西洋製のビスクドールだった。

「ああ紹介が遅れました。この子はわたしの友達なんです。ノンちゃんっていうん

ですよ」

友達ね……。

そういう意味で訊いたんじゃないんだけどな、と心の中で思いながら、間違いを訂正するのも億劫《おっくう》なので、私はさゆりに微笑を返すだけに留めた。

ていうか、この手のアンティークドールって妙にリアルで不気味なのよね。

そう思った直後、私はノンちゃんと目が合ったような気がした。反射的に視線をそらす。

「あ！　来夢さん、今ノンちゃんから目をそらしましたね」

「いや、ごめん。つい」

「ひどいですよ。ノンちゃんも『ひどい奴だ』と言ってますよ」

「え？　言ってますよって、その子の言葉がわかるの？」

「当たり前じゃないですか。友達なんですから」

そうなんだ。……すごいことができる後輩もいるもんだ。

「そんな控えめになることないですよ、来夢さん。ノンちゃんも『来夢さんと友達になりたいな』って言ってますよ」

「本当にその子がそう言ってるの⁉」

「ええ。『私と一緒にランデブーしようぜ！』とも言ってます」

「女の子同士で!?　本当にノンちゃんそう言ってるの!?」

「ええ。もちろん」

さゆりはにっこり微笑んだ。どうも疑わしい。

「あはは。面白いじゃん」

傍から私達の会話を聞いていた胡桃が大爆笑していた。そしてふと思いついたように、

「ねえ、さゆりちゃん、あなた何か部活やってる？」

「いいえ。特には」

「じゃあうちに入らない？　ノンちゃん共々大歓迎だよっ」

「え？」

「さゆりちゃん、推理小説好きでしょ？　神津恭介を知ってるなんて相当なミステリー好きの証拠だよ」

「はい。でもミステリー研究会って何をするんですか？」

胡桃はさっき私に話してくれたような活動内容をさゆりに教えた。

「へえ。自分でミステリーを書いたりしてもいいんですかぁ。楽しそうですね」

「でしょ？　どう？　入るつもりある？」

さゆりはしばらく悩んで、

「わかりました。入部します。ノンちゃんも『是非入れてほしい』と言ってますし」

「来夢も異存はないよね？」

「ええ、人数が多い方が楽しいもの」

「ありがとうございます。これからよろしくお願いします。先輩方。ノンちゃんも『ぐへへ。やったぜ、可愛い女の子ばっかりだ』と言ってますよ」

さゆりは礼儀正しく頭を下げた。

わ、わからない……。私にはこの後輩が何を考えているのかが、わからない。っていうか、ノンちゃん完全に変態オヤジになってるし！


白河先輩の事件を調査することになり、新メンバーを加えた私達ミステリー研究会は鵺夜先生のところへ行くことにした。あれから何かわかったことがないか訊くためである。

「どうしてその先生はこんなところに住んでるんですか？」

地下へ続く階段を下りながら、さゆりが昨日の私と同じ質問をした。胡桃が昨日

と同じように答えると、さゆりは目を丸くして、

「はあ。学校の先生ってそんなにお給料が少ないんでしょうか」

いや、鵺夜先生のことだから、ただ単にここに住んでいる方がいちいち学校まで通わずに済むという理由だと思う。

そうこう言ううちに階段を下りきり、地下室の入口にたどり着いた。胡桃がドアをノックすると、昨日は聞こえた気の抜けた返事が今日はなかった。

ドアノブを回すと、鍵はかかっておらず、そのままドアが開く。

中に入ってもそこに先生の姿はなかった。

どこ行ったんだろ?

「トイレじゃないかな。上にあるから、たぶんすぐに戻ってくるよ」

その胡桃の言葉通り、すぐに階段を下りてくる音が響き、直後に先生がやってきた。さゆりがアイコンタクトで「この人ですか?」と尋ねたので、「そうよ」と返す。

「初めまして。私は姫草さゆりです。ちなみにこっちはノンちゃんっていって……」

「…………」

彼は挨拶をするさゆりの前を素通りして、机の上に置いてあったノートパソコン

の電源を入れ、片耳にイヤホンをさすと、手慣れた様子でカタカタとキーボードを叩《たた》き始めた。失礼極まりない奴である。

「ちょっとD君。せっかくさゆりちゃんが挨拶してるのに」

「ん？　ああ。キミ達いたのか。気づかなかった」

わざとらしい！　こんなに近くにいて気づかないわけないじゃない！

「失敬。ところでキミ、フランスにはいくつまでいたんだ？」

私は一瞬、その先生の質問が誰に向けられたものなのか、判断を間違えそうになった。日本人形のような容姿のさゆりとフランスという異国の地がどうにも結びつかなかったからだ。でも先生の灰色の瞳はまっすぐにさゆりをとらえていた。

「へ？　私ですか？」

さゆりもいきなりの質問にどぎまぎしている。

「そうだ。キミは以前フランスに住んでいたことがあるだろ？」

何を馬鹿なことを、と私は思ったけど、さゆりの反応は違った。

「ええー！　どうしてわかったんですか！」

と叫んで、信じられないものを見るような目で先生を見つめている。

「さゆりちゃんって帰国子女だったの？」

胡桃がびっくりした様子でさゆりの方を向いた。

「はい。父の仕事の都合で数年間フランスに。アメリカやドイツにも住んだことがあります」

「じゃあドイツ語とかも喋れるわけ？」

「ええ。一応。日本語も含めれば五ヶ国語話せます」

「すごいじゃんっ。あれだねっ、いわゆるマルチリンガルってやつじゃん」

なんて胡桃は感心しているけど、今問題にすべきはそこじゃない。

「なんでさゆりが帰国子女だってわかったの？」

私は先生に尋ねた。やれやれといった感じで先生はさゆりに言った。

「キミ、もう一度自分の名前を言ってくれるか？」

「え……あ、はい。姫草さゆりです」

「その〝り〟の発音だよ。フランス語に特有なあの〝r〟の発音に近いんだ。普通に日本で暮らしていたらこんな発音になるはずがない。そこで彼女はフランス語を使うような状況に長い間いたと考えたわけさ」

すごい。初対面の相手の出身を見抜くのはホームズの得意技だったけど、あれと同じことができるなんて。

その推理力に免じて「さっきは気づかなかったとか言いながらちゃっかり聞いてるんじゃないの！」というツッコミは止めてあげよう。

「でもD君さあ、なんでフランスって断言できるわけ？　何もフランスだけでフランス語が話されてるわけじゃないじゃん」

私とは違って胡桃は揚げ足を取りにかかる。言われてみればその通りだ。でも先生のことだからその辺も理由があるんでしょ。

「確かに胡桃君の言う通り、世界にはフランス以外にもフランス語を母国語にしている国はいくつかある。昔フランスの植民地だったアルジェリアなどのアフリカの国なんかがいい例だ。ちなみにカナダでは英語と同様に公用語として用いられているし、欧米じゃあ英語についで多く学ばれている言語でもある」

数学教師のクセにグローバルな知識も豊富な奴である。

「そこでキミが大事そうに抱えている人形。ヨーロッパ製の高価なビスクドールだ。僕は造形にも興味があるから知っているが、そのニノンという人形のシリーズは現地のオリジナルでフランス国外には輸出されていないはずさ」

「そうなの？」

と、私が確認を入れると、さゆりはこくんと頷いて、

「ええ。その通りです。この人形は十歳の誕生日に、向こうでお父さんに買ってもらったもので、その時からずっと私の大事な友達なんです。だから、今でも手離せなくって」

「――というわけだ。ところでキミ達何しに来たんだ?」

「こう見えても僕は忙しいんだぜ」

そう言いながら先生が操るパソコンの画面には、何やらやたら目の大きく、可愛らしい感じの女の子が映っていた。どことなく、先生が好きな『少女探偵アリス』のアリスに似ている。

「さっきからずっと何やってるわけ?」

「ギャルゲー」

私の問いに鵺夜先生は簡素な答えを発した。

先生のクセに、学校でそんなもんやるな!

そう言ってやると、彼は熱心に自らの神を布教する怪しげな宗教の信者のような口ぶりで力説した。

「そんなもんとはなんだ。これはすごいんだぞ。好きなようにヒロインの顔や体型、髪型、服装まで自由に変えられるんだ。名前も自由につけられる。そこでアリスを作ってプレイしていたってわけだ」

「へえ。そうなんだ。面白そう。あたしにもやらせて」

「へ？」

胡桃は横からマウスを奪い取ると、慣れた手つきで操作を始めた。

「あ、ホントだ。面白い。好きなキャラが作れる！　あれ？　ここもクリックできるよ？」

「く、胡桃君、そこはダメだ！」

鵺夜先生の制止もむなしく、胡桃はその箇所をクリックした。途端に、画面に出ていた女の子の衣服が消え去り、真っ裸になる。

私達は冷たい視線を先生に向けたまま固まり、鵺夜先生は青ざめる。なんとも形容しようのない沈黙の後、胡桃が叫んだ。

「これギャルゲーじゃなくて、エロゲーじゃん!?」

「……ち、ちが……これは何かの罠《わな》だ……」

「罠ってなんの!?　なんの罠があるっていうの、D君!?」

「い、いや、だから、えーと……その……。仕方ないじゃないか！　アリスを作りたかったんだから！」

言い訳を諦めて開き直った！

「ちっ！　バレてしまったからには仕方がない。僕がエロいゲームをしていたってのは、内緒だぜ？」

何が、「内緒だぜ？」よ。そんなハードボイルドに言ったって無駄だ。私の腹は既に決まっている。

「校長に言いつけてやる」

「それだけは止めてぇぇぇぇぇ！」

普段では考えられないほど、先生は取り乱した。そこにはさっきまでフランス語の薀蓄《うんちく》をえらそうに語っていた男の姿はもうない。

まったく！　これだから男ってやつは！

……って、こんな馬鹿な話している場合じゃない。

「事件のことは！　あれから何かわかったの？」

「事件って昨日の殺人事件のことか？　あれはもう解決してやっただろ！」

「先生がやったのはトリックを解明して、私の無実を証明してくれたってことだけ。まあその点については感謝するわ。でも肝心の犯人はまだ捕まっていないのよ！」

「そんなの警察に任せておけ。僕は知らん。今はいかにこのアリスをデートに誘うか思案するのに忙しい」

この期に及んでなおエロゲーをしようというのか、この男は！　その精神力だけは見上げたもんだ！

とても昨日、警察も舌を巻くような名推理を繰り広げた人物とは思えない。こうなったら、校長へリークしないことを交換条件にこいつを動かすしかないわね。

私がそんなことを考えている時だった。

「先生！」

さゆりが神父に救いを求める敬虔《けいけん》な信者のように鵺夜先生の両手を掴んだ。その拍子に、彼女の足が引っかかり、パソコンの電源コードが抜けた。

「ぬわぁぁぁぁ！　まだセーブしてないのに！　俺のアリスが！」

今気づいたが、こいつは興奮すると一人称が「俺」になるようだ。

半狂乱になる先生を尻目に、さゆりは続けた。

「鵺夜先生、お願いします。美里お姉ちゃんを殺した犯人を捕まえてください」

「ん？　美里お姉ちゃん？」

「はい。白河美里はわたしの従姉妹なんです。お願いです、でないとわたし……うう」

さゆりは顔を両手で覆ってしくしく泣き始めた。

「お、おい……」

狼狽《ろうばい》する鵺夜先生。女の子の涙には免疫がないみたい。

「何も泣かなくても……」

おろおろする先生に構わず、さゆりはすすり泣きを続けた。そして上目遣いに、

「……先生のお力、わたし達に貸していただけますか？」

完全なる泣き落としだった。これは男の子には破壊力抜群ね。

案の定、鵺夜先生はすぐに白旗を揚げ、できる限り尽力すると約束してくれた。

部室に戻ってからも、さゆりはまだめそめそしていた。

「いい加減泣きやみなよ。D君も協力してくれるって言ったんだし」

胡桃が慰めるように言うと、

「そうですね。もう止めます」

さゆりは淡白に言って、顔を覆っていた両手を離した。その表情はケロリとして

いる。

『嘘泣きだったの⁉』

私と胡桃の声が綺麗に揃った。

「ええ。そりゃそうですよ。男の子に頼み事をするのにはあれが一番です」

姫草さゆり、可愛い顔して悪魔のような子である。これは将来きっと女狐になるわ。

「にしてもあのD君があんなにたじろぐとはね」

私も胡桃に同感。あの冷血漢はあんなことじゃ動じないって思っていたのに、なんか意外だった。

「二人共甘いですね。普段知的でクールな男の人に限って、心根じゃ情に熱くて涙もろいものなんですよ」

さゆりの哲学である。まったく、後輩なのにたいしたもんだ。

「それで明日のことなんだけどさっ」

胡桃はやたらと上機嫌だった。ついこの間まで、自分一人だったのに、一気に部員が二人も増えたのが相当嬉しいのだろう。

「実はあたし、放課後ちょっと用事があるんだ。だからできれば事件の調査は明後日からにしたいんだけど」

「それならちょうどよかったです。わたしも明日はちょっと……」

えぇ！　二人共、明日来られないの？　人数が揃わないいんじゃ、どうしようもないわね。

「来夢も明後日からでいい？」

「ええ。みんなに合わせるわ」

こうして私達の正式な活動は明後日に繰り越すことになった。

翌日の放課後である。部室に行っても誰もいないので、私は鵺夜先生のところに行くことにした。

「いいところに来てくれた」

鵺夜先生はドアを開けるなり、私の腕を掴んだ。

「ちょっ」

抵抗むなしく私は部屋の中に引き込まれる。

「なんなのよ一体」

「キミからもこの人に言ってくれよ」

「この人？」

誰か来ているの？　私が訊くと先生は黙って来客用のソファの方を指差した。ソファに座っていた人物と目が合う。

「やあしばらく」

相変わらずの暑苦しい背広姿で腰かけていたのはこの間の警部さんだった。

ええと、確か名前は……あっそうだ！

「犬飼警部！」

思い出した名前を叫ぶと共に、私はさっと身構えた。

また逮捕だとか言うんじゃないでしょうね。

「いやいや、今日は君の逮捕に来たんじゃないよ。実はこの名探偵に事件捜査の協力を頼みに来たんだ」

「先生に？」

「ああ。まあ、立ち話もなんだから、座りなさい」

犬飼警部がソファの空いたスペースをぽんぽんと叩いたので、素直にそれに従い、着座する。

「俺もあの後調べてわかったんだが」

犬飼警部は私にだけ聞こえるように声を潜めた。ちなみに先生はソファの前に置かれた机に向かって楽しそうにノートパソコンをいじっているだけで、こっちの会話には参加してこない。

「あの先生、中学を卒業してからは高校には行かず、単身イギリスに留学。十六歳で向こうの大学を出て、ヨーロッパを旅した後、なぜだかこんなところで数学の教員をやっているらしいんだ」

十六でイギリスの大学を出た？　そんな！　十六歳っていったら今の私と同い年じゃない。

「驚くのはそれだけじゃない。記録によると、日本にいた頃にもこの前のように難解な事件を何件か解決しているんだよ」

「そんな。日本にいた頃ってまだ中学生だったんじゃ……」

「そう、奴が初めて事件を解決したのが中学二年の時。と言っても、学校にはあまり行っていなかったそうだ」

「学校にも行かず、何をしてたんでしょうか？」

「さあな。天才の考えることはよくわからん。おそらく頭のよすぎるあいつにとっては中学校なんて行く意味もなかったんだろう。引きこもり同然の生活をしていたらしい」

「それじゃ現在とたいして変わらないじゃないですか」

今だってこんな薄暗い地下室に閉じこもっているってのに。

「それもそうみたいだな。まあともかく、滅多に外に出なかったあいつが、ある日気まぐれに外出した先で殺人事件に巻き込まれたんだ。事件の当事者として警官に足止めさせられたあいつは、ある理由から家路を急いでいて、捜査に介入、急転直下で犯人を挙げ、事件を解決したんだ」

「ある理由って？」

「その頃流行っていた『少女探偵アリス』とかいうアニメの再放送の時間に間に合わなくなるからだと」

「はあ」

呆れてため息が出る。その頃から趣味嗜好の方も、ちっとも変わってないじゃない！

ここでふと疑問が出てきた。

「よくそれだけ詳しく先生のこと調べられましたね」

「実はそのことなんだが、この前鵺夜君が俺に電話を渡しただろ？」

先生が捜査を始めた時に、水戸のご老公の印籠並みに警部を黙らせたあの電話のことか。

「あの電話の相手は本庁に栄転された俺の直属の先輩でな。その人がまだこっちにいた頃、事件捜査に協力していた民間人の少年がいたんだ」

「ははん、それが先生だったってことですね」

「ああ。あの後署に戻ってからもう一度その先輩から電話をもらってね、その時に鵜夜君について色々聞かせてもらったんだ」

なるほど、そうだったのか。それにしても、警察上層部の人に電話して、現場の刑事を黙らせるなんて、浅見光彦《あさみみつひこ》みたいなことをする奴である。

「ところで先生に協力してほしいっていうのは？」

「おお。そうだった」

警部は何かを思い出したように、手をポンと叩いた。

「実は今回の事件はかなり難しくてな。鑑識の報告ではナイフに指紋も残されていないし、現場周辺の証拠も、雨で洗い流されている。やはり、鵜夜君の言う通り、犯人はわざと雨の日を狙って犯行に及んだと見て間違いない。そこで動機の線から捜査を始めようとしたんだが、被害者の人間関係を洗うと、被害者と深い関わりがある人物が三人浮上したんだ。一応君も第一発見者で重要参考人だから見てくれても構わない」

犬飼警部が背広の内ポケットから三枚の写真を取り出してテーブルの上に置いた。どうやら事件の容疑者の写真らしい。よく刑事ドラマなんかで捜査本部のホワイトボードに容疑者の写真が貼りつけてあるけど、あれにそっくり。

「この二人！」

三人のうち、二人の顔を見て私は少なからず動揺した。

「先生」

私は思わず鵺夜先生の方を向く。

「ほら、誕生日プレゼントだよ。アリス」

『嬉しい！　これ前から欲しかったの！　ありがとう！　来人君！』

「うおおおおおお！　よし！　やっとアリスの好感度が上がった！　フハハハハ、このままいけば、もうすぐ……」

先生はこりもせずに、昨日のエッチなゲームをプレイしていた。

……この男は！

「警部、早くあの人を教師変態罪で逮捕してください」

「ま、まあ落ち着きたまえ、榊原君」

よほど私が怖い顔をしていたのか、警部が冷汗を浮かべながら宥《なだ》めてきた。仕方がないので、先生抜きで本題に入ることにする。

「まずはこの生徒なんだが……」

警部は私から見て一番左端の写真を指した。そこに写っていたのはさゆりだった。

「この姫草さゆりという生徒は、白河美里の従姉妹にあたる」

「知ってます。昨日聞きましたから」

「ん？　どういうことだ？」

「実は……」

私は警部に昨日のことを話した。

「なるほど。彼女がミステリー研究会にね」

「さゆりは何か先輩を殺すような動機があるんですか？」

「いや、これといってないな。ただこういった場合、より関係が深いものから疑っていくのが警察のやり方でね」

ベタな刑事ドラマで聞いたことがあるような台詞だ。

「さゆりのことはわかりました。でも」

私は中央の写真を指差して、

「なんで胡桃まで容疑者なんですか？」

私の左手人差し指の先にある写真に写っていた人物、それはまぎれもなく私のルームメイトにしてミス研の部長、青山胡桃だった。

「白河美里がミステリー研究会の部長だったのは知ってるね？」

「はい。胡桃から聞いてます」

「まだ白河美里が部にいた頃の話だ。部長の白河美里と当時副部長だった青山胡桃が、部活中に激しい口論をしていたという情報がある」

「あの二人が!? 信じられません。だって私の前ではあんなに仲がよさそうだったのに」

「隣の部の生徒が言うには、部室の外にまで聞こえるくらいだったそうだ」

「そんな……。でも、仮にそれが本当だったとしても、口論したくらいで人を殺そうとするでしょうか？」

「現実の世の中じゃ、テレビの音がうるさいという理由だけで、アパートの隣人を殺すなんて話も珍しくないからな。なんとも言えんよ」

「………」

胡桃が白河先輩を？　そんな馬鹿な！　私の友達は、そんなことをするような奴じゃない。

「まあまあ。あくまで動機という線で関係がありそうな人物を挙げているだけだから、心配いらんよ」

ならいいけど。

「最後にこの紫苑乃亜《しおんのあ》という生徒なんだが」

警部が指差した三枚目の写真には、まるで西洋のお伽噺《とぎばなし》のお姫様のような少女が写っていた。彫りの深い顔立ちにコバルトブルーの瞳。そして何より目立つのが艶やかなブロンドの髪。

「外国の子ですね」

「いや。西洋人のように見えるが、半分日本人の血が混じっている」

「ハーフってことですか？」

「そうだ。父親が日本人で、母親がフランス人らしい」

「へえ」

それにしても、名前が紫苑乃亜か。紫苑っていう苗字は日本の草の名前だし、乃亜って名前は、旧約聖書の〝ノアの方舟〟を連想させる。日本人と西洋人のハーフにはピッタリの名前ね。

「一ヶ月前、高等部の一年にフランスから交換留学生としてやってきたそうだ」

留学生か。どうりで。私は改めて犬飼警部の差し出した三枚の写真を見た。

姫草さゆり、青山胡桃、そして紫苑乃亜。

あれ？　なんだろう、この紫苑乃亜の写真。さゆりや胡桃の写真と比べてなんだか違和感があるような……。

「犬飼警部、ちょっといいですか？」

そう言ったのはいつの間にか私の隣に座っていた鵺夜先生だった。

「アリスとのデートはもういいの？　変態教師さん」

「だいぶ攻略も進んだからな……って、変態とはなんだ！　変態とは！」

「変態以外になんて呼べばいいのよ！」

「ち、違う！　僕は変態なんかじゃない！　変態というよりもむしろ、アリス合衆国の大統領だ！」

「アリス合衆国って何よ!?」

「アリスファンによる共和政の連邦国家さ。僕はそこの終身名誉大統領だ。ゆくゆくは、布教により全人類を国民にすることを国策としている」

壮大なスケールの野望を語る鵺夜先生。てっきり怪しい薬でもやっているのかと思ったが、彼の目は正気だった。しかし、正気であるが故に、私はその妄言に呆れかえって言葉も出ない。

「その顔は信じてないな？」

「その戯言の何を信じろってのよ⁉」

「本当の話さ。出るとこに出りゃ、僕は英雄として迎えられる。あらゆる者が道をあけ、『USA！　USA！』とコールを始めるだろう（※USA＝United States of Alice）」

「出るとこに出りゃ、あんたはただの変質者よ！」

「ま、まあ榊原君、落ち着きなさい」

犬飼警部の仲裁で、話はようやく本題に戻った。

「それで鵺夜君、何か気づいたのか？」

「ああ、そうでした。いや、別にたいしたことじゃないんですがね、なんでこの紫苑乃亜の写真だけは隠し撮りしたのかなって」

「隠し撮りですって⁉」

言われてみると、胡桃とさゆりの写真は被写体がちゃんとカメラ目線で写っているのに対して、この乃亜の写真だけは、彼女の目線が完全にそれている。

つまり、この写真だけは被写体に撮影の許可を得ていない、盗撮写真ということだ。ちょっと警部、どういうことよ？

「いやー、鶫夜君にはかなわんな」

警部は、ソファに座り直しながら、

「青山君や姫草君の写真は、去年の文化祭の時のが学校に残っていたんだが、紫苑君のはなくてね。ほら、彼女は最近来たばっかりだったから」

先生はここでわずかに首をかしげた。

「交換留学生なら書類に使った写真くらいありそうなもんですがね」

「そうとは限らないわよ、先生。私も編入する時、そんなの必要なかったもん」

これには警部も同意した。

「榊原君の言う通りだ。この学園に編入やら留学やらするのに顔写真は必要ないらしい。そこで部下に命じてこっそり撮影させたんだ。写真があった方が何かと便利だろ」

いいのかな。現職の警部さんがそんな犯罪まがいなことをして。

「大きな犯罪の前に多少の違反には目をつむろうじゃないか」

犯罪に大きいも小さいもないと思うのは私だけだろうか。

「警部はこれからどうするんです？」

鵺夜先生が尋ねた。

「とりあえず、この三人に聴き込みをしようと思うんだが」

「でも、胡桃もさゆりも今日は用事があって放課後はいないって言っていましたよ」

私がそう言うと、警部はしばらく考え込んで、

「うーむ。ではその二人は後回しだ。残りの一人、紫苑乃亜から話を聴こう」

こうして私達は校内にいるはずの紫苑乃亜を探すことになった。この「私達」には、普通ならテコでも動かない鵺夜先生も含まれている。

「先生、珍しくやる気ね」

「アリスの攻略の見通しも立ったからな。それに、さゆり君に頼まれたからというのも大きい。さすがにあそこまで哀願されたら引き受けないわけにはいかない」

あれが嘘泣きだって知ったらどんな顔するんだろうか。ちょっと見てみたい気もする。

そうやって廊下を歩いていると、視界に見知った後ろ姿が入ってきた。

あれは……うん、間違いない。

「皆木先生！」

昨日知り合ったばかりの担任教師に声をかける。

「あら榊原さん、どうしたの？　あら、鵜夜先生に刑事さんまで。どうなされたんですか？」

「私達、一年生の紫苑乃亜さんを探しているんです」

「紫苑さんですか。彼女なら寮に戻っていると思いますよ。部活もやっていなかったと思いますし」

「そうですか。それはよかった」

と、安堵の言葉を述べたのは犬飼警部である。

「あの、彼女に何か？」

怪訝《けげん》そうに顔をしかめる皆木先生に、警部は簡単に事情を説明した。

「……そうですか。でも彼女、まだ日本語には不慣れみたいで。質問に答えられるかどうか」

「だったら授業はどうしているんです？」

と、これは鵜夜先生の質問。

「相手が何を言っているのかは理解できるようなんです。でも、自分から何かを伝えるのはまだ難しいようでして。いつもは彼女の通訳をしてくれる人がいるんですけど、今日はその人がどこかへお出かけになるとかで」

「ううむ。弱ったな」

意気消沈する警部をよそに、私は鵜夜先生に訊いた。

「先生ならフランス語話せるんじゃない？」

昨日フランス語を公用語とする国がどうとか言ってたし。

「語学は僕の専門外だ。簡単な単語やイントネーションくらいは知っているが、とても会話まではできない。そう言うキミはどうだ？」

「英語だけで手一杯よ」

「あの」

遠慮がちに口を開いたのは皆木先生だった。

「私でよかったらできますよ。通訳」

「ほ、本当ですか？」

警部がパッと顔を上げる。

「ええ。フランスに滞在していたことがありますから」

そういえば校長室でそんなこと言っていたわね。

「皆木先生でしたか。お願いできますか」

「ええ。もちろん」

警部の要請に皆木先生は快諾した。

基本的に女子寮は男子禁制なので、鵺夜先生と警部にミス研の部室で待機してもらい、私と皆木先生とで紫苑乃亜の部屋まで行った。

ルームメイトは出払っており、彼女は部屋に一人でいた。高等部一年の証である黄色のリボンの制服に身を包んだ、エキゾチックな雰囲気の少女である。

皆木先生がフランス語で事情を説明すると、彼女はすんなりと部室までの同行に応じてくれた。

部室に着くなり、彼女への事情聴取は始まった。

「この娘はこちらの言っていることは理解できるんですね」

紫苑乃亜の正面の席を陣取った犬飼警部が皆木先生に確認する。

「はい。でもできるだけ簡単な日本語を使ってあげてください」

「では」

警部はコホン、と咳《せき》払いをしてから、

「君は、白河美里を知っているね？」

「……はい」

と、紫苑乃亜が今にも消えそうなか細いフランス語で答えた（最初に断っておくけど、ここに書かれている彼女の台詞は全て皆木先生が日本語に翻訳してくれたものだ）。

「君はこの学校に来てまだ間もないだろう。いつ彼女と知り合ったんだい？」

「私が日本に来たばかりの頃です。私が選択授業の教室がわからずに廊下で迷っていた時、白河さんの方から話しかけてくれました。自分もフランスに行ったことがあるから多少はフランス語がわかる。だから何かあったら遠慮なく話しかけてきてほしい、と白河さんは言ってくれました。右も左もわからず日本にやってきた私に気を使ってくれたんだと思います」

「それから親しくするようになったのか？」

「はい」

「彼女との間に何かトラブルは？」

「ありませんでした。白河さんは私にとてもよくしてくれましたし」

「彼女を恨んでいる人間に何か心当たりは？」

「ありません。あんなにいい方を恨む人なんていません」

「失礼だが、事件のあった日、午後八時半から十時半までの間、どこにいたか教えてもらえるか」

「部屋にいました。ルームメイトの娘は他の友達と遊びに出かけていたので、証明はできませんけど」

「ふむ」

犬飼警部は考え事をする時の癖なのか、顎に手をあてたまま、もう二、三簡単な質問をした。その度に紫苑乃亜の口からはよどみのないフランス語が流れ、それを皆木先生が訳して私達に伝えるという工程が繰り返された。その間、私と鵺夜先生はわずかな手がかりも逃すまいと黙ってそれに聞耳を立てていた。

「なるほど。どうもありがとう。もういいよ」

準備に手間がかかった割に、彼女への事情聴取はこんな感じであっさりと終わった。

「どう思います？　警部」

地下資料室に戻って、鵺夜先生が言った。

「確かにアリバイはないが、特に怪しいというわけでもない。殺害の理由もなさそうだ」

「僕もそう思います」

「うーむ。これからどうするかな……。青山胡桃も姫草さゆりも出払っているとなると……。あと怪しいとすれば、江波《えなみ》と下山《しもやま》だが」

警部は顎に手をあてて、ポツリと言った。

江波？　下山？

初めて聞く名前だった。

「誰ですか、それ？」

「ほら、あの三年前の事件の」

三年前？　そういえば、白河先輩もそんなこと言っていたわね。あの日の夜に先輩が殺されてそれどころじゃなかったから、すっかり忘れていたわ。

「なんなんですか、三年前の事件って？」

「ああ。そうか。榊原君は転校生だったな」

警部は私にその事件のことを話そうと口を開きかけたが、何かを思い出したように、突然それを止めた。

「いや、君は知らない方がいい」

それは、白河先輩とまったく同じ反応だった。それきり何を訊いても犬飼警部はおろか鵺夜先生でさえ、口を固く閉ざしたまま、一切を語ろうとはしなかった。

三年前、この学園で一体何があったのだろう。これは私の勘だが、そのことが今回の白河先輩が殺された事件と大きく関係しているような気がしてならない。

その日の夜、私は胡桃を問いただすことにした。

相手から情報を引き出すには不意をつくのが一番だ。私は胡桃がバスルームから出てくるのを待って、唐突にこう切り出した。

「ねえ胡桃、三年前の事件について教えてくれない？」


「知らない方がいいよ」

数秒間の沈黙の後、胡桃は言った。

「胡桃！」

私は語気を鋭くして迫った。

「犬飼警部は江波や下山って人が怪しいって言ってたわ。三年前の事件に関係があるって。でもそれ以上は教えてくれなかった。白河先輩も犬飼警部も、そしてあんたも、どうして私に三年前の事件について隠すの？　このままじゃ私だけ蚊帳の外じゃない！」

その迫力に押されたのか、胡桃はとうとう観念した。

「わ、わかったよ。全部話す」

一体どんな話が飛び出してくるのだろう。私はゴクリと唾を飲み込んだ。

胡桃が重い唇を開いた。

「三年前、フランスからやってきた留学生の女の子が自殺したんだ」

「自殺？」

「うん。寮の部屋の浴室で手首を切って自殺。さすがにその部屋は誰も住みたがらなくてね、今じゃずっと空き部屋になってる」

「その部屋ってまさか……」

「そう。たぶん来夢の想像している通りだよ。その部屋は、女子寮B棟の220号室。私達が今住んでる、この部屋の隣だよ」

「なんですって!?」

この時の私の驚きといったらなかった。まさか隣の部屋で人が死んでたなんて。誰が想像できただろう。

「大丈夫?」

「ええ。少し驚いただけ」

「誤解しないでね。別に来夢を除け者にしようとして隠してたわけじゃないんだよ」

「わかってるわよ。隣の部屋でそんな事件があったって知ったら、私が怖がると思ったんでしょ。でも、もう隠し事はなしだからね」

「約束する」

「胡桃が心配かけないように秘密にしてたのはわかったけど、なんで犬飼警部まで黙っていたのかしら」

「ああ、それはたぶんD君が口止めしたんじゃないかな。あたしと来夢が同部屋だってことD君は知ってるはずだし」

「へえ」

これは心底意外だった。あの鵺夜先生が、私のことを考えてくれていたなんて。てっきり自分がよければ全ていいっていうようなジャイアニズムの権化のような人だと思っていたのに。多少なりとも見直してあげなきゃね。

「でも、その三年前の事件と今回の事件とどう関係があるの?」

「実は、その自殺した留学生——エマ・ルロワさんっていうんだけど——彼女の死に方が不自然でね」

「自殺じゃないってこと？」

「いや、自殺なのは間違いないよ。警察がさんざん調べて、他殺の線はないって断言してたから。ただ……」

胡桃はここで台詞を切ったまま、なかなか続きを話そうとしなかった。

ただ、何よ。

「遺書がね、なかったんだ」

「遺書？　でも遺書を残さない自殺者もいるんじゃないの？」

「それはそうなんだけど……。エマさんはね、フランス人だけど、日本語もすごく上手で、学園内にも友達は多かったんだ。社交的で明るくて。将来は通訳として働くんだって言ってたらしいし。とても自殺するような人には見えなかった。そんな人が遺書もなしに自殺したもんだから――」

ははん、そういうことか。私は胡桃の言おうとしていることが読めた。

「動機がわからないってことね」

「そう。来夢の言う通り、動機がまるでわからなかった。エマさん、自殺する直前の数日間は、誰とも口をきこうとしなかったらしいし。だから警察はエマさんの友人や先生に話を聞いたんだって。でも、その時に、当時エマさんと仲のよかった白河先輩が、警察の事情聴取を頑なに拒否したらしいの」

「なんで白河先輩はそんなことを?」

「わからない。あたしも前に気になって、事件直後にそのことで先輩を問い詰めたんだ。そしたら滅多なことじゃ怒らない白河先輩が急に怒り出しちゃって。すごい言い合いの喧嘩になったっけ」

私は犬飼警部の言っていた、胡桃と白河先輩の口論のことを思い出した。部室の外にまで聞こえるくらいの喧嘩——たぶん警部が言っていたのは、このことだろう。

「結局、次の日には先輩から謝ってくれて、和解になったんだけど、肝心の事情聴取拒否の理由は聞き出せなかったな」

「そんなことがあったんだ」

「ところが、これで終わりじゃないんだよ。先輩以外にも事情聴取を断った人があと二人いたんだ」

「誰なの?」

「さっき来夢が言ってたじゃん。犬飼警部が疑ってるっていう下山と江波って人達だよ。その二人も事情聴取に応じなかったんだ。下山っていうのは英語の先生で江波って人は白河先輩と同学年の先輩だよ」

「そっか。なるほど」

この時私は全ての得心がいった。つまり、三年前の事件を知っている人間なら、白河先輩、下山先生、江波先輩の名前を聞けば、当然、三年前のエマ・ルロワの自殺事件を連想するってことね。だから犬飼警部は下山先生と江波先輩が怪しいって言っていたのか。

問題はその事件と今回の事件がどう関係しているのか。

どうやら、下山先生と江波先輩に話を聞く必要がありそうね。

私達は明日の部活でその二人への聴き込みをするという取り決めをして、この日はもう遅いので眠ることにした。

第四章

寮に来て四日目となる水曜日の朝。私は七時にセットしておいた目覚ましの音で目が覚めた。

「ふわああ」

自然と欠伸が出る。

夕べ遅くまで胡桃と話し込んでいたせいで眠たい。

私がベッドの皺《しわ》を直していると、バスルームのドアが開いて、胡桃が出てきた。

「おはよ。来夢」

「おはよう。胡桃。早いね」

「あたし、いつも六時には自然と目が覚めるんだ」

「シャワー浴びてたの？」

「うん。眠気覚ましに散歩に行ってたら汗かいちゃって」

「殺人事件が起きたってのに無用心ね」

「大丈夫だよ。あたしって結構タフだからさ」

タフってあんたね……。

やれやれ。胡桃といい鵺夜先生といい私がこの学校で知り合った人は根拠もない自信に満ちた奴ばっかりだ。

「それよりもう慣れた？　寮での生活は」

「ええ。学校が近いおかげで朝はゆっくりできるから、自宅から通うよりずっと便利ね」

「そっか。それは何より。さて、そんじゃ、着替えて学食に行こうよ。早く行かないと朝はすごく混むから」

私達はまるでずっと前からそうしているかのように二人並んで食堂へ向かった。

つい一週間前はお互いに顔も名前も知らなかったなんて信じられなかった。


「昨日の話だけど」

朝食のベーコンエッグを口に運びながら、胡桃が切り出した。

「こうは考えられないかな。もしもエマ・ルロワさんの自殺の原因が下山先生か江波先輩のどちらかにあって、そのことを知った白河先輩を邪魔に思ったんだとしたら……」

「口封じのために先輩を殺したってこと？」

「そ。ねえ来夢、どう思う？　この推理」

「二十点ね」

「えぇー。どうして？」

「だって、そのエマって人が自殺したのって三年前なんでしょ。だったらなんで今頃先輩を殺したのよ？」

「あっ、そっか」

「まだあるわ。たとえ犯人のなんらかの行動の結果エマ・ルロワさんが自殺したのだとしても、自殺は自殺。犯人が直接手を下したわけじゃないわ。それを隠そうとするのに殺人を犯したりするかしら？　例えて言うなら、池に落とした百円玉を探すのに池の水を全部抜くようなもんだわ」

「なるほど。得るものに対して、払う犠牲が大きいってことだね」

「そゆこと」

うん、我ながら今日は頭の回転が絶好調みたいだ。

「だったら、こんなのはどう？　先輩がその後事件のことでその犯人を脅していたとしたら……」

「脅すって？」

「三年間先輩にゆすられ続けて、耐えきれなくなった犯人が先輩を殺したってことだよ」

「考えられなくはないわね」

「でしょ」

「でも、あの白河先輩がそんなことすると思う？　私が先輩にあったのはあの時が最初で最後だったけど、とても人を脅してお金を巻き上げるような人には見えなかったわ」

「それもそうだね。なんたってあのさゆりちゃんの従姉妹なわけだし」

と、胡桃が言った時だった。

「わたしがどうかしましたか？」

ひょいっと顔を出したのはさゆりだった。本人曰く親友のノンちゃんも、もちろん一緒だ。噂をすればなんとやらってやつね。

「どうしたの、さゆりちゃん」

「別に。朝ごはん食べ終わって、寮に戻ろうとしたらお二人を見かけたので。ノンちゃんも『会いたかったぜ二人共』と言ってますよ」

相変わらずノンちゃんは外見と発言がミスマッチだった。

「でもちょうどよかったよ。さゆりちゃん、今日の部活でね……」

胡桃は昨日の夜話し合ったことをさゆりに伝えた。

「はあ、聴き込みですか」

「そ。下山先生と江波先輩は知ってる?」

「下山先生って人には会ったことありませんね。江波さんなら顔は知ってますけど」

「そう。だったら下山先生の方はあたし一人でやるから、あんた達は江波先輩の方をお願い」

「あんた達って、私も?」

「そうだよっ」

胡桃は大きく頷いた。

どのみち私は、下山という先生の顔も江波という先輩の顔も知らないのだから、どっちでも構いやしないけどね。ここは部長の采配に従うとしよう。

あっという間に放課後となった。下山先生に会いに中等部校舎まで行くという胡桃と別れ、私達は校門で江波遥《はるか》先輩が出てくるのを待ち伏せしていた。

「あっ、来ましたよ!」

さゆりが声をあげた。

「あれが江波遥さんですよ。来夢さん」

　さゆりが指差す方に視線を向けて、私は自分の目を疑った。そこにはチューインガムを膨らませながら、思いっきり着崩した制服のポッケに手を突っ込んで歩く女生徒の姿があった。シャギーカットの髪は真っ赤に染まっていて、耳にはピアスまで光っている。要するに素行不良を絵に描いたような人だったのだ。胡桃の奴、あんな人に聴き込みしろって言うの!?

「さあ行きますよ」

「待ちなさい！」

　怖いもの知らずのさゆりの襟首を掴んで止める。

「ぐえっ！　何するんですか、来夢さん！」

「あんた、あんなのに話しかける気？」

「ええ」

「怖くないの？」

「来夢さん、人を見かけで決めてはいけませんよ。『人間、中身だ』ってノンちゃんも言ってますよ」

「そりゃそうだけど、あれはもはや心の中身が体に具現化してるわよ。髪なんて赤なのよ、赤！　ガ●ャピンの色よ！」

「落ち着いてください、来夢さん。赤なのはガ●ャピンじゃなくてム●クの方です」

「そんなのどっちでも同じだわ！」

「ああ、もう。早く行かないと見失っちゃいますよ。文句なら後で聞きますから、行かせてください！」

さゆりは私の制止を振り切り、ノンちゃん共々ポストみたいに真っ赤な頭の先輩のもとへ走った。

まったく、後輩だけ行かせるわけにはいかないじゃない！

私も慌てて跡を追う。

「なんだよ。お前ら」

私達の姿を視界に入れるなり、江波先輩が言った。

近くで見ると、なかなかの美形だった。これで品行方正だったなら、そこら辺の男の子は放っておかないだろう。

「わたし、ミステリー研究会の姫草さゆりといいます。ちなみにこの子はノンちゃんで、こっちは二年生の榊原来夢さんです」

「ふーん。まあよろしく。で、ミス研が私になんの用だ？」

江波先輩はガムで風船を作りながら、器用に口を動かして尋ねた。

「実はわたし達、この前の白河美里さんの事件を捜査してまして」

「はぁ？　捜査ぁ？」

さゆりの説明を聞いて、江波先輩は素《す》っ頓狂《とんきょう》な声を出した。

「ええ。事件のことはご存知ですか？」

「ああ。まあな」

「三年前のエマ・ルロワさんが自殺した時のことで聞きたいことがあるんです」

「っ！」

エマ・ルロワの名前を出した瞬間、江波先輩の態度は一変した。

「話すことなんてねえよ！」

ぶっきらぼうに言うと、私達を拒むかのように歩き出した。さゆりは負けじと追いかけてまくしたてた。

「まあまあ。そう言わないで教えてくださいよ。あなたは三年前警察の事情聴取に一切応じなかったそうじゃないですか。一体何が――」

「っさいな！」

江波先輩は苛立ちげにさゆりの方へ振り返った。その時彼女が持っていた鞄が運悪くさゆりの肩に強くあたった。

「きゃ！」

さゆりはバランスを崩してそのまま真横に転倒してしまった。

「さゆり！」

急いで駆け寄る。

「大丈夫？」

「てへへ。こけちゃいました」

そう言っておどけるさゆりの左膝からはじんわりと血が出始めていた。

「ちょっとすりむいてるじゃない！」

「こんなのへっちゃらですよ。……あ」

さゆりに絆創膏《ばんそうこう》を差し出す人物がいた。信じられないことに、それは江波先輩だった。

「あ、ありがとうございます」

「いや、今のは私が悪かった。ごめん」

「いえ、謝るのはわたしの方です。ノンちゃんも『気にするなお嬢ちゃん、キミは悪くない』と言ってますよ」

ノンちゃん随分と器が大きいわね。江波先輩はフンと鼻を鳴らすと、

「でもな、これに懲りたらもう私には関わるな。それと、遊びのつもりならもう止めることだな。人が死んだ経緯を嗅ぎ回るなんて、イイ趣味とは言えねえぜ」

吐き捨てるように言うと、江波先輩は去っていった。

「何よ、あの態度。先輩だからってでかい顔しすぎじゃないの」

姿が見えなくなるのを確認してから私は言った。それに対して、さゆりの反応は違った。

「あの人、そんなに悪い人じゃないと思いますよ。本当に意地悪な人なら、倒れたわたしなんか無視して先に行っちゃいますよ。江波さんはちゃんと謝ってくれて絆創膏までくれました。むしろいい人です」

まったくあんたって子は。自分が怪我させられたっていうのに、よくそういう前向きな考え方ができるわね。

「さ、もう行きましょう。深追いは禁物ですよ、来夢さん。ノンちゃんも『急がば回れだ』と言ってますよ」

……どうしてノンちゃんが日本のことわざを知っているんだろう？　謎だ！

「ただいまっ」

胡桃がミス研の部室に戻ってきたのは午後六時を回っていた。

私達はあの後すぐに戻っていたので、優雅にココアを飲みながら、胡桃の帰還を待っていた。

「おかえり」

「あ。おいしそうなの飲んでるじゃん」

「さゆりが入れてくれたのよ」

「えー、いいなー」

胡桃がもの欲しそうにさゆりの方を見る。

「ちょっと待っててください。胡桃さんのぶんもすぐに用意しますから」

と、さゆりはすぐに立ち上がって給湯室に向かった。

「おっ、サンキュー。悪いね」

さゆりがココアを入れている間、私は胡桃に結果を報告した。

「――てなわけで聴き込みは失敗。そっちはどうだった?」

「それがさ」

胡桃はポニーテールの毛先を弄びながら、

「下山先生、今日は休みだったんだ。でも他の先生に家の電話番号を教えてもらったから、さっきかけてみたよ」

「それでどうだったの？　訊いたんでしょ。三年前の事件のこと」

「それがね、電話や学校じゃ、ゆっくり話せないから、土曜日にみんなで先生の家に来ないかだって」

「へえ。先生の家にね」

「どうかな？　あたしは行ってみようと思うんだけど」

「わたしも賛成です。ノンちゃんも『行きたい』って言ってますよ」

ココアを載せたお盆を持ってさゆりが話に加わる。

「はいどうぞ。胡桃さん」

「ありがと。来夢はどう？　一緒に来る？」

「ええ。みんなが行くなら私も行くわ」

私がそう答えた時、部室のドアをノックする音がした。一、二秒の間を置いて、背広姿の男が入ってきた。光沢のある黒髪をポマードでオールバックにしたその髪型には最近よくお目にかかる。私はその男の名前を叫んだ。

「犬飼警部！」

「やあ。榊原君」

警部は右手を軽くスッと上げる仕草をした。

「誰？」

「誰ですか？」

胡桃とさゆりの声が重なる。そういや、あんた達は初対面だったわね。

私は二人に警部を簡単に紹介した。

「へえ。そんなにお若いのに警部さんなんですか。エリート刑事ってやつですね」

「ああ、どっかで聞いた名前だと思ったら、あれだね。来夢を誤認逮捕しようとしてた警部さんだね」

「うん、まあよろしく頼むよ。ミステリー研究会の諸君。ええと……」

犬飼警部は、さっきココアを入れにさゆりが給湯室に行った時からソファに置き去りにされたままだったノンちゃんに視線を向けた。

「この子はわたしの親友でノンちゃんって言うんですよ」

さゆりが言った。

「そ、そうなのか？」

警部が不思議そうに尋ねる。

「はい。ノンちゃんはわたしとだけしかお喋りしないんです。ちなみに、『おじさ

んは苦手だから、あんまり近づくんじゃないぞ、この野郎』ってノンちゃんは言ってます」

「本当にそう言っているのか⁉　しかもおじさんって、俺はまだ三十歳なんだが！」

「わたしに言われても困りますよ。ノンちゃんがそう言ってるんですから」

さゆりは屈託のない笑顔を警部に向けた。警部は返す言葉もなく黙った。

どうもさゆりは自分の本音をノンちゃんの台詞として言っているような節がある。この前暇つぶしに読んだ心理学の本に、お人形遊びが抜けない女の子は、人形を自分の分身と考え、二重人格のような精神状態になることがあると書いてあった。幼少の頃からマペット遊びを続けていると、そのうちその人形が自分の友達だと信じるようになり、人形と会話をしたり、自分が言っていることを人形の台詞として他人に話したりするようになるのだそうだ。さゆりの言動はそれと酷似している気がしてならない。

「本当はノンちゃんじゃなくて、あんたがそう言ってるだけなんじゃないの？」

「さあ、どうでしょうね。フフフ……」

怖っ！

おっと、いけない。話がそれた。えーと、なんで犬飼警部はここに？

「君達、土曜日に下山先生の家に行くんだろう？」

「そうだよ。なんで知ってるわけ？」

胡桃ってば警察の人相手にタメロとは……。こいつもこいつで並の神経じゃないわね。

「実はさっき下山先生に三年前の事件絡みで聴き込みに行ったんだ。彼はひどく多忙な生活を送っていてな。今日も出かけた先から帰ってきたところを捕まえたんだが、次の用事があるから答えている暇がないと言われたんだ。任意の聴き込みだったから、警察に強制権はない。いつなら話せそうかと訊いたら、その話なら土曜日にミステリー研究会の生徒達に話す予定があるから、一緒にどうかと言ってきたもんでな」

「なるほど。それであたし達に同行の許可を求めに来たってわけだね」

「ああ。一応そっちが先約みたいだからな。それにしてもキミ達、なんで事件のことを嗅ぎ回ったりしてるんだ？」

「それはわたしがお話しします」

さゆりが右手を挙げた。

「警部さんならご存知でしょうけど、わたし、殺された白河美里の従姉妹なんです。それで鵺夜先生とこちらの部に事件の調査を依頼したんです。成り行き上、わたしも入部することになりましたけど」

「なるほどな。まあくれぐれも危ない真似だけはしないように」

『はーい』

私達の返事が綺麗にそろった。

「ところで鵺夜君は、下山先生の家には行かないのか？」

先生？　どうだろう……。誘ってもまた〝面倒くさい〟とか〝僕は今忙しい〟とか言って、ついてきそうにない。

他の者も見事なまでに私と同意見だった。

「D君はたぶん来ないんじゃないかな」

「鵺夜先生って外に出るの嫌いそうですもんね。ノンちゃんも『あいつの前世はナマケモノだ』と言ってます」

「そうか。彼がいた方が捜査がはかどるんだがな」

この間の一件で警部は随分と先生の推理力を信頼したみたいだった。

「まあ警部がそこまでいうなら一応誘ってみよっか。何も知らせずにあたしらだけで行ったら、D君へそ曲げちゃうかもしれないし」

胡桃もなかなか面白いことを言う。

私はぷいっとへそを曲げて意固地になる鵜夜先生を想像して吹き出しそうになった。あんな子供っぽい我儘な性格の先生にはピッタリの行動だ。あのスピルバーグや宮崎駿《みやざきはやお》でさえ〝子供の心〟という項目では先生にかなわないだろう。

「榊原君、ちょっといいか？」

先生のところへ行く道中、他の者に気づかれないように犬飼警部が話しかけてきた。

「はい。なんでしょう」

「キミはもう三年前の事件について知っているのか？」

「ええ。胡桃から聞き出しました」

「そうか。実は俺が昨日写真で見せた三人のことなんだが」

「胡桃達が何か？」

「いや、何。当分はあの三人は容疑者から外れることになりそうだ」

「え？　どうしてですか？」

「白河美里には特に人に恨まれるようなことが見つからなくてな。三年前の事件と関係づけて捜査をすることになったんだ。あの三人は三年前の事件にはまったく関係がないからな」

「でも、あのハーフの子はフランス出身なんですよね。フランスでエマさんと関係があったかも知れませんよ」

「いや、同じフランスとはいえ、紫苑乃亜がいたのは首都のパリで、エマ・ルロワがいたのは名前も知られていないような田舎町だ。一応調べてみたが二人の間に接点はまったく見つけられなかった」

「なるほど」

「他の二人についても同様だ。三年前の事件とは完全に無関係だと言っていい。特に姫草君の方は犯行時刻にアリバイがあるからな」

「そうなんですか？」

「ああ。鵺夜君の言った犯行時刻の八時半頃、彼女はクラスメイトと街へ買い物に出かけている。その裏づけもさっき取れたよ」

　私は少し安堵していた。友達や後輩が疑われているというのはやっぱり気分のいいものじゃない。

「二人共。何ひそひそ話してるの？　早く行くよ」

胡桃が急かすように私達の背中を押した。

……大丈夫。無邪気に笑うこのルームメイトが殺人なんか犯すわけがない。

「僕も行ってもいいか？」

子供の心を持つ男（ていうかまんまタチの悪いガキだ）、鵜夜来人は意外にも自ら進んで下山先生の家に行きたがった。

「いやあ、助かるよ。鵜夜君」

「まあ僕に任せてくださいよ、犬飼警部。大船に乗ったつもりでいてください」

その大船というのはよもやタイタニック号のことじゃないでしょうね。

「珍しいね。D君が自分から動こうとするなんて。やっぱりさゆりちゃんに頼まれたから？」

胡桃が不思議そうに尋ねた。

「それもあるが、この事件に個人的な興味が湧いたんだ」

個人的な興味？

「普通、殺人事件には動機が存在するのはわかるな」

鵜夜先生はまるで教鞭を振るうかのように、私達に問いかけた。

そりゃそうでしょうよ。動機がない殺人なんて無差別テロとおんなじだわ。

「だが今回の白河美里殺しに関しては動機がさっぱりわからない。さゆり君に頼まれてから僕も色々調べたが、彼女に恨みを持っているような人間はいなかった。とても不思議だ。不思議な一方で、これはある意味では面白い。表面の絡まった糸をほどいたらどんな中身が出てくるのか、僕はそれに非常に興味がある」

ふーん。〝絡まった糸〟か。確かにそれを謎に例えるなら、それを解きほぐすのが探偵の仕事というわけだ。

「じゃあやっぱり先生もエマ・ルロワさんの事件が何か関係があるって考えてるのね」

私は言った。下山先生のところに行きたがるということは、そういうことだろう。

「まあね。ああ、それにしても、唐突だが、どうにも喉が渇いて動けない。誰か何か買ってきてくれると助かるんだが……」

チラッと私の方を見て言う。

……しょうがないわね。この間のお礼もまだしてなかったし（漫画をあげたけど、あれは実質胡桃があげたようなもんだし）、ジュース買いに行くくらいならいいか。

「わかったわよ。何がいいの？」

私が言うと、

「あ、じゃあついでにあたしのもお願いねっ」

「わたしのもお願いしていいですかぁ。あ、ノンちゃんのぶんはいいですよ。本人も『私はいらない』って言ってますし」

「おっ、じゃあついでに俺のも頼む」

と、他の奴らも便乗してきた。

「ちょっと待ってよ、私一人でそんなに持てるわけないじゃない！」

「来夢君、こんなところにいいものがあるぞ」

スッと先生が差し出したのは紙袋だった。

ってこれ、私が漫画を運んだ時に使ったやつじゃないの！

「僕はジンジャーエールで」

「あたし、コーラねっ」

「わたしは、紅茶をお願いします」

「俺は、コーヒー。微糖のやつを頼む」

四人は財布から小銭を取り出して私に渡した。

はあ。こうなったら今更断れないわね。

私は嘆息しながら、地下資料室を跡にした。

……それにしても、ジンジャーエールって自販機で売ってたかな？


「榊原さん」

私が紙袋片手に校内で自販機を探し回っていると、
誰かに呼び止められた。振り返ると、そこにいたのは皆木先生だった。

「あ、皆木先生。こんにちは」

「こんにちは。ちょっとお話があるんだけど、いいかしら？」

皆木先生が私に？　なんの話だろう。

「ええ。いいですよ」

「この間の刑事さん、犬飼さんでしたっけ。あの人今日も学校に来ていたでしょう」

「ええ。さっきまで一緒でした」

犬飼警部がどうしたというのだろう？

「実は紫苑さんのことなんだけど」

「紫苑さん？」

「ええ。ほら。私がこの間通訳してあげた。紫苑乃亜さん」

「ああ!」

そういえばあの子そんな名前だったわね。

「彼女がどうかしたんですか?」

「ほら。あの子警察に疑われていたでしょう。それで心配になっちゃって」

なんだそんなことか。

「大丈夫ですよ。紫苑さんと三年前自殺したエマさんはなんの関係もないって犬飼警部が言ってましたから」

「エマさん? エマ・ルロワさんが今回の事件と関係があるの?」

あ。やばい。これってまだ捜査機密だったんだっけ。

私は自分の口の軽さを後悔したが、文字通り、後悔は先に立たなかった。

「榊原さん、詳しく教えてくれる?」

皆木先生の妙な迫力に負けて、私は根ほり葉ほり情報を引き出されてしまった。

まあ別に守秘義務があるわけじゃないから構わないでしょ。

「へえ。土曜日にみんなで下山先生の家にね……」

皆木先生は少しためらってから、

「ねえ、私も一緒に行ってはダメかしら?」

え?　皆木先生も?

「ああ。ごめんなさい。迷惑だったかしら?」

「いいえ。そんな。迷惑なんてとんでもない」

「そう。よかった」

「でも、どうしてですか?　紫苑さんのことを心配して、この事件を気にしているんなら、大丈夫ですよ。さっきも言いましたけど、紫苑さんは関係ないようですから」

「そうね。不謹慎かもしれないけど強いて言うなら好奇心かしら」

「好奇心?」

「先生もね、学生時代は榊原さんや青山さんみたいにミステリー研究会に入っていたのよ。子供の頃からミステリーが大好きだったから」

そっか、皆木先生も私とおんなじなんだ。ちょっと親近感湧いちゃったな。

「それで、今回不思議な事件が起こったでしょう?　先生ずっと思っていたのよ、いつかこんな事件の当事者になってみたいってね」

そう語る先生の目は爛々と輝きを帯びていた。

私はついこの間もこれと同じ目を見た。

あの足跡のトリックを解いている時の鵺夜先生もこんな目をしていたわね。

「あら、ごめんなさい。つい興奮しちゃって」

「大丈夫ですよ、皆木先生。好奇心は罪じゃありませんから。土曜日の件、胡桃達には私から言っときますね」

「ありがとう。……ところで、その紙袋は何に使うの？」

あ……。しまった。ジュース買いに行く途中だったんだっけ。

私は皆木先生に別れを告げると、自販機に急いだ。走りながら私は土曜日に下山先生の家に行くメンバーについて考えていた。

犬飼警部に鵺夜先生、それに皆木先生。当初ミス研メンバーだけで行くはずだったのに三人も増えてしまうなんてね。とんだご一行様になってしまったものだ。

木曜日と金曜日には特筆すべきことも起こらずに、あっという間に土曜日の朝がやってきた。私立の学校だけあって、土曜日でも午前中は授業がある。事件のことで頭が一杯な私は教師の話を全て聞き流し、ただひたすら時間が過ぎるのを待った。犬飼警部とは午後一時に校門で待ち合わせだ。下山先生の家には警部の運転する車で行くことになっている。授業を終えた私達ミス研部員が制服のまま校門に到着した時には、犬飼警部に加え、鵺夜先生、皆木先生の姿が既にあった。

「先生方、お早いんですね」

「私も鵺夜先生も三限目は授業がなかったのよ」

さゆりの言葉に、皆木先生はそう微笑む。

ここで私はふと思った。そういえば、皆木先生の授業は何回か受けたことがあるけど、鵺夜先生から授業をしてもらったことはまだないわね。数学の授業はこれまで何度かあったけど、それは鵺夜先生ではなく、白髪の混じったおじいちゃんの先生だったし。鵺夜先生は一体どんな授業をするんだろう。図書館の地下資料室での先生しか知らない私にとっては、教室で生徒に教鞭を振るう彼の姿は想像しにくいものだった。

「さて、みんな揃ったところで出発と行こうか……と言いたいんだが」

犬飼警部が申し訳なさそうな声を出した。

「あてにしていたワゴンが出払っていてな、今出せる車がこれしかなかったんだ」

そう言って警部が指した車はパトカーだった。

「マジ？」

胡桃が目を丸くする。

「ああ。しかも見ての通り、五人までしか乗れない」

完全に定員オーバーじゃない！

「いや、そんなことよりわたし、パトカーなんか乗りたくないですよ。ノンちゃんも『護送されてるみたいだ』って言ってます」

「確かにあんまり気分のいいもんじゃやないね」

さゆりや胡桃が口々に文句を言う。

しかし、私は他のミス研部員の不満を意外に思った。

だって、パトカーに乗れるのよ！　タクシーとかじゃないのよ！　私の感覚ではミステリーマニアにとってパトカーは乗ってみたい車ナンバーワンのはずだ。それを嫌がるなんて信じられない。

「警部、私乗りたいです、パトカー！」

「ちょっと来夢本気なの？」

胡桃が信じられないものを見るような目でこっちを見た。

「本気も本気よ。なんで胡桃達は乗りたくないの？」

「だってノンちゃんも言っててんじゃゃん。護送されてるみたいだもん。ちょっと恥ずかしいよ」

そういうもんかね。なぜ恥ずかしいのか私にはわからない。

「皆木先生やD君はどうなの?」

「私も榊原さんと同じです。一度乗ってみたかったんですよ、パトカー」

「僕も」

ほらごらんなさい、胡桃。先生達は私の同志だわ。

「うー……。絶対変だよ、そんなの」

胡桃は不服そうだった。

「まあいいじゃないか」

鵜夜先生が言った。

「どうせ全員は乗れないんだ。僕達四人はパトカーで行くから、胡桃君達は電車で行けばいい。確か下山先生の家の近くには駅があったはずだから。場所、わかるだろ?」

「うん。電話かけた時に住所聞いといたからねっ。……確かにD君の言う通り全員は乗れないんだからしょうがないね。わかったよっ。あたし達は電車で行く。来夢また後でね」

ね。

「ええ。先に行って待ってるわ」

電車で行くとなると、駅から歩くぶん、車より遥《はる》かに時間がかかるでしょうから

警部の運転する車は誰もが一瞬目を見張るような豪奢な家（いや、邸宅と書いた方が正しいかもしれない）の前で停まった。

「成金してるねえ」

鵺夜先生が皮肉混じりに呟く。

「なんで一介の高校教師がこんなでかい家に住んでるんですか？」

「下山先生の奥さんのお父さん、つまり先生にとっては義理の父親が二人の結婚祝いにプレゼントしてくれたらしいわよ、榊原さん」

私の疑問に皆木先生が答えてくれた。

「しっかしすごい家だな。一億はくだらんのじゃないか？」

「惜しいですね警部さん。下山先生は時価三億円っておっしゃってましたよ」

さらっとバブリーなことを言う皆木先生。

三億って……。一体どんな悪いことをすればそんなお金が入るんだろう？

門のチャイムを鳴らすと、『はい。どちら様でしょう』と女性の声がした。

「聖南学園ミステリー研究会の者ですが」

こちらが名乗ると、

『お待ちしておりました。どうぞ』

ぎぃーと音をたてて門がゆっくりと開いた。

すごい！　家の中から操作できるんだ！　でも、門から屋敷までが遠い。個人宅でこんな奥行があっていいんだろうか？　何かの法律に引っかかったりしないのかな。

ようやく玄関までたどり着くと、そこには年配の女性が待ち構えていた。

彼女は礼儀正しく頭を下げると、牧野《まきの》と名乗った。この屋敷で家政婦をしているのだそうだ。

私達は牧野さんに応接間に通された。

「お茶とコーヒーどちらがよろしいでしょうか」

非常に丁寧な接客態度で、牧野さんが訊いてくる。

「いえ、お構いなく」

と私達三人が言う中、鵺夜先生だけは、

「僕はコーラで。あ、もし、バニラアイスがあれば、コーラフロートにしてください」

……こいつの細胞は、図々しさの原子で構成されているんだろうか？

「旦那様はすぐに来られますので、少々お待ちを」

と、牧野さんは恭《うやうや》しく礼をした。

その言葉通り、すぐに、

「いやあ。すっかり遅くなってしまった」

と言って、中年の男性が入ってきた。

この人が下山先生か。年齢は四十代半ばといったところだろう。彫りの深い顔立ちに自分の家でも仕立てのよい背広を着こなす風体は、どことなく英国紳士を思わせる。

「どうも県警の犬飼です」

警部が警察手帳を見せる。

「ああ。電話の刑事さんですね。それでこちらがミステリー研究会の青山さんかな？」

私を見て下山先生が言った。

「いえ、違います。私は榊原来夢っていいます。胡桃……青山さんは、ちょっと事情があって、他の部員と一緒に後でやってきます」

「ああ。そうでしたか。それは失礼」

「お久しぶりです、下山先生」

皆木先生が会釈をした。

「ああ、皆木先生じゃないですか。久しぶりですね」

二人は親しげに握手を交わす。

「失礼ですが、お二人はどういうご関係ですか？」

警部が不思議そうに尋ねた。

「あら、いやだ。警部さんったら。元同僚ですよ。まだ下山先生が高等部の方にいらした時に同じ英語科の先輩教員としてお世話になりました」

「ははは。しかし、皆木先生までいらっしゃるとは思いませんでしたよ」

下山先生は紳士らしく笑って、待っている間暇だったのか、ソファに座り込んだまま、持参した携帯ゲーム機で黙々とアリスのゲームをプレイする鵺夜先生を指してこう言った。

「それでこちらの少年は？」

本来、人を指差すのは紳士にあるまじき行為だけど、この場合は鵺夜先生の方が一億倍失礼なのでしょうがないと思う。

私はゲーム機を奪い、挨拶するようにめくばせした。

アリス狂の彼ならゲーム機を奪われた段階で何やらひと悶着《もんちゃく》起こすのではないかと臨戦態勢を整えていた私だったが、意外なことに先生は素直に従ってくれた。

「申し遅れました。僕は鵺夜来人といいます」

「ああ！　あなたがそうでしたか！　随分お若いので気がつきませんでした」

「僕のことをご存知なんですか？」

「電話をくれた青山さんという生徒から聞きましたよ。鵺夜先生は今までに数々の事件を解決してきた名探偵だとか」

「ええ。まぁ」

先生は嬉しそうに白衣を整え、

「いやあ、僕も下山先生とは一度お話ししたいと思っていたんですよ」

なんて調子のいいことを平気で言っている。名探偵と言われたのがよほど心地いいらしい。

「実は私も推理小説は大好きでしてね。子供の時分にはよく親に小遣いをもらっては本屋に買いに行ったものです」

へえ、そうなんだ。皆木先生の時もそう思ったけど、案外ミステリー好きな人って多いものなのね。

「先生はどんなミステリーが好きなんですか？」

ちょっと嬉しくなって、私は訊いた。

「うーん。やはり私も語学を専門にする者なので、暗号ものには目がないですね。ホームズの『踊る人形』なんかは何度も読み返しましたよ。おかげで暗号を作るのも、私の趣味となりましてね。そうだ！　どうでしょう鵺夜先生？」

英語教師が数学教師の目を挑戦的に覗き込む。

「実は私の作った自信作が何問かあるのですが、名探偵に是非チャレンジしていただきたいのです」

「ほう。この僕に挑戦ですか」

先生の灰色の瞳が爛々と輝く。名探偵にとって暗号や密室といった単語は三度のご飯より大事な好物なのだ。

「いいでしょう。但し、僕が暗号を解読したら、警部さんと僕の質問になんでも答えてください」

「ははは。いいですよ。どうせ聞かれて困ることなんてありませんし。問題は全部で三問あります。全問正解が条件です。いいですか？」

「僕に解けない謎はありません」

私には先生のその自信がどこから出てくるのかが謎だ。

「ではまず一問目、これを見てください」

下山先生は懐から一枚の紙を取り出した。そこにはこう書いてあった。

【3＊2＊31＊11＊61＊67＊71＊61＊11＊11＊71】

私はその暗号の答えよりも、なぜそんなところから暗号文が出てくるのかが気になった。もしかしていつも持ち歩いているんじゃないでしょうね。

「これはホームズの小説に出てくるある単語を暗号化したものです。それをお答えください」

「Baker Street――ベーカー街のことですね？」

下山先生の言葉が終わらぬうちに、先生が即答した。は、早すぎる。

「正解です。数学の教師であるあなたには簡単すぎましたか？」

「ええ、まあ。ん？　どうしたんだ、来夢君？　もしかしてキミ、ミステリー研究会なのにベーカー街を知らないのか？　今度ホームズの本を貸してやろうか？」

驚いてポカンとしている私に鵺夜先生が言う。

ちなみに皆木先生は私と同様に驚いた表情で先生の方を見ており、犬飼警部は最初から考えるのを放棄したのかソファを離れ室内の調度品を観察している。

「馬鹿にしないでよね。私だってベーカー街くらいは知ってるわよ。この前胡桃にも問題で出されたくらいだからね。でもなんであの暗号がベーカー街になるのよ？」

「ああ、なんだ。そんなことか。いいか？　まず――」

「ちょっと待って。自分で考えてみる」

このままじゃちょっと悔しい。ミステリーマニアの名折れだ。

うーん。一分経過。二分経過。三分経過……。

わかんない！

「じゃあヒントだけ。出てくる数字に共通するものはないか考えてみな」

共通するもの？　そういえばこの十一個の数字、二番目の2を除いたら全部奇数だ。でも例外があるんじゃ共通性とは言えないし……ん？　ちょっと待って。2以外が全部奇数？　それってどこかで……あ！

「素数ね！　この数字、全部素数だわ！」

そう。この十一個の数字は全部、自身と1以外の正の整数では割り切ることのできない数字、つまり、素数だったのだ。数学で重要な役割を果たす数字でもある。下山先生が数学が専門の先生なら簡単と言ったのはそのためだったのか。素数であることはわかった。でも……。

「そこから先はどうすればいいの？」

「素数を2から順番に言えるか？」

「ええと……兄さん五時からセブンイレブン。父さんいいな行く。だから……」

「ちょっと待て。なんだ？　その変な文章は？」

「え？　ああ。素数の覚え方よ。結構、有名なはずだけど。兄（2）さん（3）五（5）時からセブン（7）イレブン（11）。父さん（13）いいな（17）行く（19）。ね？　ちゃんと順番に素数になってるでしょ？」

「……うーむ、実に奇怪な覚え方だ。素数の美しさが台なしだ」

と、鵺夜先生は大げさに嘆く。

たかが数字に美しさも何もないでしょうに。変人の考えることは理解不能だ。

まあいいや。無視しよう。

「えーと、その先は、23、29、31、37、ええと次は、39……は3で割り切れるからダメね……」

「この続きは僕が書こう」

先生は白衣のポケットから万年筆と皺くちゃの紙を取り出すと、そこに素数を羅列し始めた。

たちまち2から101までの二十六個の素数が紙面を埋めた。

「これだけでいいの？」

私は不思議に思って質問した。103と107も素数のはずだ。

「これでいいのさ。僕が書いた数字、全部で何個ある？」

さっきも数えた。二十六個だ。

ん？　二十六個？　それってもしや、

「アルファベット？」

「大正解。後はもうわかるだろ？　2から順番に素数をアルファベットのABCに置き換えればいいんだよ。2がA、3がB、5がC……ってな具合にね」

先生はさっき書いた素数の横にそれぞれ対応するアルファベットを書いていく。

解読表の完成だ。なるほど。これを元にさっきの暗号を解読すると、BAKER STREET――Baker Streetつまり、ベーカー街となるわけだ。

……これをこの男はあの一瞬のうちに解いてしまったのだろうか。一体どんな頭をしているんだろう。っていうか、どうしてこんな奴の頭がいいのよ！　世の中はとっても不公平だ！　その後の二問にも先生はあっさり正解を出し、暗号勝負はこちらの圧勝となった。

「いやはやまだお若いのにたいしたもんだ。私の自信作をこうも簡単に解いてしまうとは。お約束通りなんでも聞いてください」

「では、先日の白河美里さんの事件について」

先生はゆっくりと尋問を開始した。証言を聴くため、犬飼警部もソファに戻ってくる。

「僕の推理通りなら、殺されたのは午後八時半頃だと思われますが、その時間にアリバイは？」

「そうですね。その夜は妻が同窓会に行っていて、家には私一人でしたから、私にはアリバイがないというのが妥当な判断でしょう」

「では、彼女に何か恨みはありましたか？」

「恨み……ですか。……ありませんね。殺したいほど恨んでいることなんか」

「そうですか。それでは次に三年前のエマ・ルロワさんが自殺した事件について」

エマ・ルロワの名前が出た途端、今まで柔和だった下山先生の顔がわずかに歪んだのを私は見逃さなかった。

「エマさんの事件が今回の事件と何か関係があるのでしょうか？」

「あなたは、三年前の事件の時、警察からの事情聴取を頑なに拒否されていましたね？」

「単に答えたくなかっただけですよ」

「実はですね——まああなたもご存知でしょうが——当時あなたと同じように事情聴取を拒んだ者があと二人もいるんですよ。現在高等部三年生の江波遥という女生徒、そして、今回殺された白河美里さんです」

「…………」

「これは僕の探偵としての勘なんですがね、今回の事件はどうも三年前の事件と関係がある気がしてならないんですよ」

「……わかりました。全てお話しします。正直なところ、私は早くこのことを誰かに話して楽になってしまいたかったのかもしれません」

腹を決めた下山先生は堰《せき》を切ったように話し始めた。

「三年前、私はフランスからの留学生である、エマ・ルロワさんの担当教員でした。学校の方針でしてね、留学生には一名の担当教員をつけて、日頃の学習指導にあたらせ、学力の向上をはからせるんです。確か今年の留学生の紫苑乃亜さんの担当には、皆木先生がおつきになっていますね」

皆木先生は黙って頷いた。そうか。皆木先生が紫苑乃亜のことを気にかけていたのは、あの子が自分の担当する留学生だったからなんだ。

「ん？　ちょっと待ってください」

犬飼警部が口を挟んだ。

「下山先生は紫苑乃亜をご存知なんですか？」

「ええ。紫苑さんなら知っていますよ。私は英語の教師ですが大学での専攻はフランス語でね。三年前、フランスに研修旅行に行った際、向こうの学校で紫苑君と知り合いましてね。なんでもお父さんが日本人だそうで。その研修で日本人は私だけだったので、心細くなった時はよく話相手になってもらいました。といっても私は現在中等部の教師ですからまだ会えていませんけどね。ああ、そういえば、以前彼女から今度日本へ行くというエアメールをもらいましたよ」

「本当ですか!?」

鵺夜先生はなぜだか、このエアメールの話に強く食いついた。

「え、ええ。忙しかったので、返事は出せませんでしたが」

「そ、それで、そのエアメールはどこに？」

「書斎ですが……。ごらんになりますか？」

「ええ。是非お願いします」

先生はなんだか興奮しているようだった。

エアメールなんか見せてもらってどうする気だろう？

「では書斎から取ってきます」

下山先生は数分で戻ってきて、鵜夜先生に手紙を渡した。

鵜夜先生が封筒から取り出して手紙を開く。私は横から覗き込んだ。当然ながら全部フランス語で書かれている。筆記体なので読みにくいのに加え、何かでこすったようにインクがすれていた。

「鵜夜君、読めるのか？」

警部が尋ねた。

「いえ。前にも言いましたが、語学は僕の専門外ですから。下山先生、これはお預かりしても？」

「ええ。結構ですよ。よろしければ、私が翻訳しましょうか？」

「その必要はありません。うちの部には五ヶ国語を操る、言語の天才がいますから」

どうやら、さゆりに翻訳させるつもりらしい。

「ほう。それは頼もしいですな。ええと……どこまで話しましたか」

「先生が三年前、エマさんの担当教員をしていたところまでです」

皆木先生が言った。

「ああ、そうでした。担当した留学生が学科試験でいい成績を残せば、担当教員の評価につながり、昇進も早くなります。私は給料が上がるとか、金銭的な面はどうでもよかった。ただ、国際化が進む現在、生徒達にもっと外国語に触れる機会を与えてやりたい。異国の人とコミュニケーションを取れることの喜びを知ってほしい。そして外国の文化・慣習・伝統を多く吸収してもらいたいと思っていました。そのためには平教員では、学園内での発言力が弱い。だから私は早く地位を確立するため、エマさんに過剰なスケジュールでの学習を課したのです」

そんな、エマさんを……生徒を自分の出世のための道具にしたって言うの！

「今思えば、本当に愚かなことでした。私の独りよがりで、肝心の生徒の一人であるエマさんに重荷を背負わせてしまったのですから。エマさんの自殺を知った時、私は自分のせいだと思いました。自分が課したハードスケジュールが彼女のストレスとなり、衝動的な自殺へと追いやったんだと。だからその後ろめたさと責任を逃れたい気持ちもあり、警察の事情聴取を避けたんです」

「そうでしたか……」

警部が呟く。

鵜夜先生の方は話を聞いているのかいないのか、さっきのエアメールと睨めっこしたまま何やら考え込んでいた。読めない文字をじっと眺めていて、頭痛くならないのかな。

「そうそう。白河美里さんのことで一つ」

下山先生が思い出したように言った。

「警部さん、最初に断っておきますが、これは彼女にエマさんの死の責任をなすりつけるというつもりで話すのではありません」

「わかっています」

「エマさんが自殺する一ヶ月前のことです。授業中、エマさんが塞ぎ込んでいるのが気になって、後でどうしたのか聞いてみたんです。すると、白河美里さんに自分の考えたミステリーのトリックを流用された、と言うんです」

「ミステリーのトリック？」

警部がオウム返しに訊いた。いまいちピンと来ていないようだ。

「ええ。エマさんは通訳になるという夢に加え、推理小説という趣味もありました。私もよく彼女とミステリー談義を交わしたものです。当時、中等部のミステリー研究会に所属していた白河美里さんとは、休み時間にお互いが考えたトリックを話し合ったりするなど、懇意な間柄のようでした」

「その白河美里がエマさんのトリックを流用したとは?」

唐突に鵜夜先生が尋ねた。

「ええ。エマさんが言うには、自分がずっと思い描いてきたトリックでいつか本にして発表しようとしていたものを、白河美里に話したところ、彼女がそれとまったく同じトリックで小説を書き、それが何かの賞を獲ってしまったんです」

……っ! もしかして、その賞って、胡桃が言っていた学生ミステリー大賞なんじゃ……。あの白河先輩が盗作だなんて。嘘でしょ……。

「なるほど。それで白河美里も警察の事情聴取に応じなかったってわけか」

警部が言った。けれど私は少し得心がいかなかった。

確かに、白河先輩も下山先生も警察の事情聴取に応じなかったのは後ろめたいことがあったからだっていうのはわかった。でも、どうもそれがエマさんの自殺の原因だとは考えにくいのだ。

だって普通、学校のスケジュールがちょっときついとか、友人にミステリーのトリックを盗まれたとかいう理由で自殺したりするだろうか？　後ろ向きな性格の人なら考えられなくはないが、胡桃の話を聞いた限りじゃ、エマさんは明るく社交的でとっても前向きな人柄だったらしいし……。

　でも、下山先生の件はともかく、信じていた友人にアイデアを盗まれて賞を獲られたりなんかしたら、もしかしたら……うーん、ありえなくはない、かな？　もし白河先輩がエマさんの自殺と無関係なら、三年前の事件と今回の事件が関係あるっていう鵺夜先生の探偵としての勘ってやつも的外れってことになるんだけど……。

「さて、私に話せることはこれで全部ですね。そういえば……ええと榊原さんでしたか」

「え……あ、はい。なんでしょう？」

　いきなり呼びかけられたので、反応に少し時間がかかった。

「いやなに、後で遅れてミス研のお友達が来ると言っていたものだから、どんな人達が来るのかなと」

「ああ。えーとですね……」

　私は後で来るメンバーについて知らせた。

「ふむ……。その青山胡桃さんと姫草さゆりさんとは面識がありませんね。授業も受け持ったことはないですし。青山さんとは電話で話しましたが」

先生がそう言うので、私は二人について説明してあげた。胡桃が二年生にしてミステリー研究会の部長をしていること。さゆりは一年生の帰国子女で語学が堪能なこと。そしていつも人形を持ち歩いている不思議な少女であること。等々、私が知る限り、二人のことは下山先生に教えた。

「ははは。なかなか個性派揃いのいい部活動じゃないですか」

下山先生がそう言った時、牧野さんが応接間に入ってきた。

「旦那様、お電話が入っております。書斎の電話に転送しておきました」

「そうか。ありがとう。牧野さん、すまないが私が戻るまでこの部屋で待機していてくれないか。誰かがいないと、お客様がトイレがどこかも聞けないからね」

「はい。かしこまりました」

「ちょっと失礼。すぐに戻ります。私は階段近くにある書斎にいますので」

と言って、下山先生が応接間を離れたのが午後二時ちょうどのことだった。残された私達は、事件のことについて話を進めた。

途中私がトイレに行っていると、戻ってきた時には応接間に胡桃達の姿があった。

「随分遅かったじゃない」

「ごめんごめん。電車に乗り遅れちゃってさ」

「そうなの？」

「だってさゆりちゃんが走るの遅いんだもん」

「違いますよ。胡桃さんが速すぎるんです。わたしなんて、ついていくので精一杯だったんですから。おかげで後半息が上がって喫茶店で休憩してたから乗り遅れたんですよ」

「胡桃、あんたどんだけ速く走ったのよ」

「んー、百メートルを十秒くらいかなっ」

嘘ばっかり。それじゃあ、女子世界記録じゃないの。

「それにしてもまいったよ。さゆりちゃんったら電車に乗る時でもこの人形持ってるんだもん。周りの乗客の視線が気になってしょうがなかったよ」

「いいじゃないですか。大事なものなんですから。ノンちゃんも『さゆりの大事なトレードマークだ』と言ってますよ」

まあ確かに高校生くらいの女の子が電車の中で大事そうにアンティークドールを

抱えていたら、誰だってビビるわ。私も最初そうだったし。

なんとなしにその人形が着ている豪奢なドレスを観察していると、ドアの方から、
ワン！

という元気な犬の鳴き声がした。

全員の視線がドア付近に集中する。視界の先にいたのは、白地に黒の斑模様、耳はぺたんと垂れ下がっている一匹の大型犬だった。

「わあ、ダルメシアンじゃないですか！」

さゆりが歓喜の声をあげた。人形を抱えたまま犬に近づく。

「わたし子供の頃、『１０１匹わんちゃん』見てから、ダルメシアンが大好きなんですよ。牧野さん、この子はここで飼ってるんですか？」

「ええ。奥様が姫草様と同じようにそのディズニー映画の大ファンなものですから。奥様は映画のように百一匹飼いたいとおっしゃっていましたが、旦那様が止めたんです」

そりゃ、自分の家に犬がそんなにいたら大変だろう。飼育費だけで月にいくらくらいかかるのかしら。

「一匹だけにする代わりとして、この子には専用の部屋をあてがって可愛がってい

らっしゃるんです。旦那様と奥様にはお子様がいらっしゃいませんから」

犬に専用の部屋って……。まさにお犬様ね。それとも金持ちの道楽ってやつ？

「牧野さん、触ってもいいですか？」

「ええ。どうぞ」

「ありがとうございます」

言うやいなや、さゆりはダルメシアンの首に手を回して頬ずりを始めた。

「うわあ、可愛いです。この子名前なんていうんですか？」

「はい。オスカルと申します」

「オスカル君ですか。男の子なんですね」

「いいえ、オスカルはメスです」

「え？　でもオスカルって男の子の名前ですよね？」

「奥様が名づけたんです。奥様は『ベルサイユのばら』の大ファンでもありますから」

どうもここの奥様はアニメや漫画に感化されやすい性格のようだ。ひょっとしたら、犬とは別にアンドレとかいう名前のペルシャ猫でも飼っているのかもしれない。

「ちょっとさゆりちゃん、あたしにも触らせてよっ」

そう宣言して胡桃は頭を撫《な》でた。二人の女の子に触られて心地がいいのか、オスカルは綺麗にお座りをして、尻尾を左右に振っていた。

「来夢も触れば？　むっちゃ可愛いよ」

「遠慮しとくわ」

私だって犬は好きだけど、ダルメシアンのような大型犬はちょっとね……。

「オスカルはどうしてここに？」

私は牧野さんに訊いた。

「普段は部屋で大人しくしているんですが、お客様が見えると、いつも部屋から出てくるんですよ。賑やかなのが好きなようでして」

へえ。そうなんだ。

「でも、もう部屋に戻さなくてはいけません。旦那様が戻ってきたら叱られてしまいますから」

「あ、ちょっと待ってください」

さゆりが待ったをかけた。

「オスカルちゃんには記念にこれをあげます」

さゆりは、胸元のリボンを外した。色で学年が識別できるようになっている学園の制服のものだ。さゆりは一年生なので色は黄色。ちなみに前にも書いたと思うけど、私や胡桃のは緑だ。

「それって制服のリボンじゃん、あげちゃっていいの？」

「大丈夫ですよ、胡桃さん。寮に帰れば予備がありますから」

さゆりが首に巻いてあげたリボンをオスカルはたいそう気に入った様子で、尻尾を振るスピードがさっきより速くなった。

「あら、よかったですね、オスカル。はい、部屋に戻って」

牧野さんがパンと手を叩くと、オスカルは自分の部屋に戻っていった。

なるほど、よく躾けられているわね。

オスカルをみんなで見届けると、犬飼警部が胡桃達に下山先生から得た情報を話した。それが終わると、特にすることがなくなってしまったので、下山先生が戻ってくるまでの間、鵜夜先生と犬飼警部はチェスを、私達女性陣は牧野さんも誘ってみんなでトランプをして時間を潰すことにした。

さゆりは走った疲れがまだ残っているのか、プレイ中ずっとペットボトルのアイスコーヒーを飲んでいた。……胡桃ってば、本当に百メートル十秒で走ったんじゃないでしょうね。ポーカーでなんの役を作ろうかと思案していると、ふと鵜夜先生のこんな台詞を思い出した。

「右利きの女性——それが今のところわかる犯人像です」

チェスの駒やトランプの札を手に持つみんなを眺めながら、私はあることに気づいた。確率的には決しておかしなことじゃない。おかしなことじゃないけど、それに気づいた途端、私は少しゾッとした。

私以外の、ここにいる全員が右利きだった。


「それにしても遅いですね。下山先生」

ポーカー、七並べ、大富豪、ダウトとメジャーなゲームをやり尽くして、みんなが辟易《へきえき》としてきた頃に皆木先生が言った。

「確かに」

そう頷いたのは犬飼警部だ。

「すぐに戻ると言っていた割にはもうかれこれ二時間になるぞ」

二時間か。仕事の話にしちゃ随分な長電話ね。

「様子を見に行った方がいいんじゃないでしょうか」

さゆりが心配そうに提案する。

「そうだな」

警部は顎に手をあてながら言った。

「この屋敷は広いからな。入れ違いになるかもしれん。誰か残っておいた方がいいだろう。牧野さんとそれから皆木先生、すいませんが、ここに残ってくれませんか」

「はい。わかりました」

二人の女性の声が重なる。

「僕も残ります。少し、考えたいことがあるんで」

この自分勝手な発言は、主語を書くまでもないだろう。鵺夜先生は、指の間にビショップの駒を挟んで弄んだまま、ソファに沈めた腰を動かす気配がなかった。

「考えたいことって?」

私は訊いた。

「今はまだ言えない。書斎で何かあったら僕を呼んでくれ」

そう言う先生の口ぶりは、まるでこの先に起こることを、予期しているかのようだった。

皆木先生と鵺夜先生を応接間に残し、私達は書斎に向かった。

下山先生の言っていた通り、書斎は階段の傍にあったので、すぐに見つけることができた。

「下山先生？　犬飼です。いらっしゃいますか？」

犬飼警部がドアをノックしながら呼びかけるが、返事はない。続いて彼はドアノブに手をかけたが、ガチャガチャ音が鳴るだけで、ドアは開かなかった。

「……ダメだ。鍵がかかってる」

「鍵がかかってるってことは誰かが中にいるってことですよね、胡桃さん」

「うん正解。あたしの推理だと、きっと下山先生は中で寝てるんだよ。三十分だけ仮眠を取る予定が寝過ごしちゃったに違いないねっ」

「でもここ、寝室じゃなくて書斎ですよ？」

「………………。さゆりちゃん、探偵は細かいことを気にしたらいけないんだよっ」

「ふぇ？　これって細かいことなのでしょうか？　でも、偉大な先輩たる胡桃さんの言うことなら仕方ありません。ノンちゃんも『断腸の思いだ』って言ってます」

胡桃ってば相変わらず適当なこと言って。信じるさゆりもさゆりだ。

「まあ青山君の言うことも有りえなくはない。俺もよく机に突っ伏したまま眠ることがある」

警部はそう言って、ドアを叩きながら叫び始めた。

「下山先生、下山先生！」

応答はない。警部がもう一度、ドアを叩きながら叫んだ。

「下山先生、下山先生！　いないんですか！」

今度も、応答はない。閉ざされたドアの向こうからは物音一つ聞こえなかった。

「変だな。これだけ叫んでも起きないなんて。鍵がかかってるから、中にいるはずなんだが」

警部の言葉に、私達の間に不安が広がった。

もしかして、下山先生は返事をしないいんじゃなくて、返事ができないんじゃ……。

そう考えた私はいても立ってもいられず、応接間に向かって駆け出した。

「私、鵺夜先生を呼んでくる！」

私に引っ張られて書斎に到着するやいなや、鵺夜先生はドアの下の隙間を覗き込んだ。

「くそ！　よく見えないな」

そう呟くと、先生は立ち上がり、ドアの周りを観察し始めた。その視線がドアの上の窓で止まった。

「来夢君！」

「え？」

いきなり名前を呼ばれたので少し驚いた。

先生はそのままドアの前でしゃがんで、

「乗ってくれ」

「は？」

「肩車だよ！　キミが僕の上に乗って上の窓から中の様子を確認してくれ！」

なんで私がそんなことしなきゃいけないのよ！

「早く！　一刻を争うんだ！」

先生の必死さに心が揺らいだ。

でも……。この屋敷の天井は高い。先生の言う窓も、私が先生の肩の上に一度立たなきゃ、手が届かないだろう。

……私は後悔した。ジーパンではなく、スカートで来てしまったことを。

「さあ！」

こっちの気も知らないで、肩に乗るよう促す先生。

まったく、この男にはデリカシーってもんがないのかしら。

「ああ！　もう！　わかったわよ！　その代わり、上を向いたら目玉えぐり取るからね！」

渋々先生の肩に乗って、バランスが取れたところで、窓枠を掴む。そのまま懸垂の要領で体を持ち上げ、部屋の中を覗き込んだ。

私は目の前の光景に、開いたまぶたを閉じることすらできなかった。

「きゃあああああ！」

反射的に悲鳴をあげて、後ろにのけぞる。

「うお！」

肩車をしていた鵺夜先生もバランスを崩した。

「危ない！」

後ろに倒れた私の身体を胡桃が支えてくれたおかげで、なんとか怪我をせずに済んだ。

「あ、ありがと、胡桃」

我ながら消え入りそうな声だった。

「いいって。それより、何を見たの？」

私は震える声で、部屋の中の状況を伝えた。

「先生が……。下山先生が中で倒れていたの！　血まみれで！」

第五章

中で人が倒れているとわかった以上、現場保存なんかよりも、人命が優先だ。体当たりでドアを破って、部屋に突入するやいなや、犬飼警部は下山先生に駆け寄った。私達は入口付近で固唾をのんで見守る。

「ダメだ……。もう死んでる」

そんな！　驚いて部屋に入ろうとした私達を鵜夜先生が制した。

「キミ達は入ったらダメだ。警部、死因は？」

「白河美里と同じ。刺殺だ。腹にナイフが刺さっている。刺された後も数秒生きていたみたいだ。もがいた跡がある。だが、助けを呼びに行く時間まではなかったようだな」

「死んでからどのくらい経っています？」

「硬直具合から見て、死後一、二時間ってとこだろう。ほぼ間違いない」

「現在午後四時ジャストか。ということは死亡推定時刻は二時から三時の間。犯行後、数秒で死んだのなら、殺人が起こったのもその時間ということになりますね」

人が死んだってのに、先生の声はやけに機械的だった。

「D君さ、これってもしかして……」

胡桃が何を言おうとしているのかは、だいたいわかった。入口のドアには鍵がかかっていた。私達が侵入した段階で部屋には、下山先生の死体だけ。これってつまり――。

「いや、密室殺人ではない」

随分とあっさり否定する鵺夜先生。

「どうしてそう言えるのよ?」

私は訊いた。

「よく見てみろ。窓が開いてるだろ」

先生の細長い指が入口の真正面に位置する窓に向けられた。

あ、本当だ。クレセント錠が外れている。死体の方に気を取られて全然気づかなかった。

「ここは一階だし、殺した後にあそこから外に逃げればなんの問題もない」

じゃあなんで部屋に鍵なんかかけたのよ。

「部屋に鍵がかかっていたのは、下山先生を逃がさないようにするためさ。万一しくじって助けを呼ばれたりしたらかなわないからな。窓から逃げた理由はおそらく、部屋の鍵をかけっぱなしにすることで少しでも発見を遅らせて死亡推定時刻を正確に出させないためだろう」

まるで見てきたかのように言う奴だ。実はあんたが殺《や》ったんじゃないでしょうね。探偵役が犯人なんて、ミステリーじゃご法度もいいとこだわ。などと、馬鹿なことを考えていると、犬飼警部が声をあげた。

「鵜夜君、これを見てくれ！」

警部は下山先生の右腕を持ち上げた。その下からあるものが出てきた。

「携帯電話ですね」

「死体の手元に落ちている。しかも見ろ。いくつかのボタンに血がついている。鵜夜君、これはもしかすると、ダイイングメッセージじゃないのか」

ダイイングメッセージ！

その単語を聞いた時、私の心は躍った。ミステリーマニアにとってその十文字の片仮名は好奇心を高ぶらせる特効薬なのだ。

警部は携帯を回収して、どのボタンに血がついているのか調べ始めた。

ああ、もう！　ここからじゃよく見えないわ！

ここで私は胡桃と目を合わせた。

「入る？」

とアイコンタクトで胡桃が訊いてきた。

「もち」

と返して、私達は部屋の中に侵入した。

「キミ達、入ってきちゃダメだって」

「そんなこと言いっこなしよ。先生だって警察でもないのに入ってるじゃない」

「僕は探偵として――」

「だったら私達は、先生の助手としてここにいる権利があるわ。ワトソンはホームズの、ヘイスティングズはポアロの傍で事件を見守っているものでしょ」

私のこのよくわからない理論に押され、鵺夜先生は渋々入室を許可した。

「警部さん、血はどのボタンに付着していたんですか?」

そう言ったのはさゆりだ。

「ん、ああ。2と3と4、それに6と7の番号のボタンに血がついている。指紋の形をしているから被害者が押したので間違いないだろう。だが、どの順番で押されたかまではわからんな」

「ちょっと待ってください警部」

鵺夜先生が警部から携帯を奪った。

「どうやら時間が経って画面が消えただけみたいですね。こういう時は、真ん中の決定ボタンを押せば――」
たちまち画面が明るくなり、こんな数字が出現した。

６２７４２３

「６２７４２３か……どういう意味だ？」

警部が首をかしげた。

「電話番号じゃないの？」

胡桃が一番妥当な線を口にする。

「市外局番を入れてかけてみようよ」

「そうだな」

警部が自分の携帯を取り出し、番号をプッシュする。先生の指示でみんなにも聞こえるようにスピーカーのボタンも押した。コール音が数回して、相手が出た。

『はい。八百屋の山田《やまだ》ですが』

「もしもし、私、県警の犬飼といいます」

『県警って……警察ですか!?』

「はい。そちら八百屋さんですか？」

『はい。そうですが。何かあったんですか？』

「下山さんがお亡くなりになりました」

『え！　下山ってお隣の魚屋さんのご主人が亡くなったんですか⁉』

「あー、いえ。その下山さんではなく」

『じゃあお向かいの肉屋さんの……』

「いやその方でもなく」

『ええ！　じゃあクリーニング屋の……』

「魚屋でも肉屋でもクリーニング屋でもない！　一体あんたの近所には何人下山がいるんだ！」

『そんなこと言われても、うちの商店街だけで下山という苗字は五軒ありますが』

「その人達は親戚の方々ですか？」

『いいえ。まったくの他人同士ですよ。苗字が同じなだけの』

「すごい偶然ですね⁉」

『ええ。それでどちらの下山さんがお亡くなりに？』

「聖南学園で英語教師をしている下山さんです」

『聖南学園……ああ、あの全寮制の！　おかしいなあ。同じ市内といってもここからはだいぶ離れているし。そんなところに知り合いはいなかったと思いますが』

「実は、被害者がお宅の電話番号をダイイングメッセージとして残して亡くなったんですよ」

『ええ!?　でも、私はそんな人は知らないんですが』

「そうですか。後で一応、捜査員を派遣しますが、あまりお気になさらないでください」

『はあ』

「では。失礼します」

警部は丁寧に電話を切った。そして一言、

「どうやら、電話番号ではなさそうだな」

これには一同が大いに頷いた。あの八百屋さん、なんの関係もなさそうだ。

「となると、この数字は一体どういう意味だ？　何かの暗号か？　だとしたら、いくら暗号好きとはいえ、なんで下山先生はこんな回りくどいことを？　血文字で床に直接犯人の名前を書いた方が早いじゃないか」

「簡単ですよ、警部。血文字で残すと、犯人に消されると思ったんでしょう。携帯電話に数字を打ち込んで通話ボタンを押せば、たとえ犯人に携帯を処分されても、電話会社に通話履歴が残りますからね。まあ、実際は通話ボタンを押す前に力尽きてしまったようですが」

「な、なるほどな……」

鵺夜先生の推理に、警部は感心した様子で頷いていた。

警部が応援を呼んで、警察が到着するまでの間、私達は応接間で待機することになった。下山先生が亡くなったことを皆木先生と牧野さんに伝えた時の二人の慌てようときたらなかった。皆木先生は恐怖で顔面蒼白《そうはく》となりしばらくは口も聞けない状態で、牧野さんの方にいたっては、しまいには失神までしてしまった。いや、むしろ人が殺されたのだからそっちの方が自然な反応なのかもしれない。私達ミステリー研究会のメンバーはみんな肝が据わっているということなのだろうか。さゆりなんかイメージ的にはすぐに気を失いそうなのに、死体を見ても平然としていたしね。牧野さんの回復を待って、鵺夜先生によるアリバイ調査が行われることになった。

「まず確認しておきたいことが一つ。牧野さん、犯人は書斎の窓から逃げていますが、犯人が外からこの屋敷に侵入した——つまりは外部犯だということは考えられますか?」

「いいえ」

牧野さんはすぐに首を横に振った。

「このお屋敷は警備会社と契約しておりますから、外から侵入というのは、ちょっと……」

その言葉に、私達はざわついた。

ちょっと待ってよ。ってことは……。

「僕らの中に犯人がいる。そう考えるしかないだろう」

先生の言葉に、私達は静まり返った。

「ではみんな、午後二時から三時までの間、何をしていたか教えてくれ」

「教えてくれって言われてもね。あたし達ずっとここでトランプしてたじゃん」

胡桃が言った。

「ああ。でも下山先生が書斎に向かったのが二時ちょうど。胡桃君達がここに来たのが二時二十分。その間、犬飼警部と皆木先生と来夢君の三人は一度部屋を出ているんだ」

先生はまず犬飼警部に詰問した。

「犬飼警部、あなたは僕とチェスを打っていた時、そう確か午後二時頃この部屋を出ましたよね。どこに行っていたんですか？」

「おいおい。まさか警察の俺を疑っているのか」

「考えられる人間は全て疑うべきでしょう」

「あの時はタバコを吸いに外に出ただけだ」

「誰かそれを証明できる人がいますか？」

「いないな」

「そうですか……」

「だが帰りに皆木先生に会ったぞ」

「本当ですか？」

先生の視線が皆木先生の方に向けられる。

「はい。時間は二時十分くらいだったと思います。私がお手洗いに行った時に廊下ですれ違いましたから」

「なるほど。では次に牧野さんですが、彼女に犯行は不可能です。彼女は下山先生が書斎に行ってからはずっと僕達と同じ部屋で待機していました。それは皆さんがに証明してくれるでしょう」

　先生の言葉に全員が首を縦に振った。牧野さんがホッと息をつく。

「そして来夢君、キミは胡桃君達が到着する少し前にトイレに行き、戻ってきた時には胡桃君達がもう応接間に来ていたな？」

「ええ」

　嘘をついても仕方ないので正直に答える。

「で、確かその後すぐにオスカルが部屋に入ってきたのよね。それからみんなでトランプを始めて……。」

「では次、胡桃君達。さっきも言ったけどキミ達がここへ来たのが二時二十分。その後、トランプを始めてから胡桃君とさゆり君は一緒にトイレに行っているな？」

「そうだよっ」

「そうですよ」

「何時頃かわかるか？」

「あたし覚えてるよ！　その時ちょうど時計見たから。確か二時三十五分だったよ」

　鵺夜先生は自分の記憶とも一致すると言わんばかりに頷いた。これは私の勘だけど、たぶん先生は誰が何時に部屋を出たかをその持ち前の記憶力で完全に把握している。そしてわざと時間を尋ねて、嘘をついていないかどうか確かめているに違いない。

「じゃあさゆり君」

「はい。なんでしょう」

「キミはその後、もう一度トイレに行っているな」

「はい。一人では寂しいので、ノンちゃんと一緒に」

「時間は？」

「ええと、三時五分前だったと。ノンちゃんも『うむ。その時間で間違いない』と言っています」

「ちょっと待ってくれ」

犬飼警部が口を挟んだ。

「姫草君、キミはどうして二回もトイレに行ったんだ？」

「え……と、その、また行きたくなってしまって」

「また？　不自然だな。その前に青山君と行ってから三十分も経っていないだろう。本当は書斎に行って下山を殺害したんじゃないのか？」

「ち、違います！　私は本当にお手洗いに行きたくなって……」

可哀想に、さゆりは半泣き状態になっていた。ちょっと犬飼警部、こういうのって職権乱用もしくはパワハラって言うんじゃないの！　第一、女の子に対して、お手洗いに行ったとかで問い詰めるのは、デリカシーに欠けているわ！　私がそう言って抗議してやろうかと思った時、先にさゆりに助け舟を出したのは、意外なことに鵜夜先生だった。

「さゆり君は嘘を言ってませんよ。犬飼警部」

「なんだって？」

「知らないんですか？　犬飼警部。コーヒーに利尿作用があることを」

「あ……」

「さゆり君はトランプをやっている間、頻繁にコーヒーを口に運んでいた。それだけ飲めば体質によっては何度もトイレに行きたくなっても不思議じゃありませんよ」

「…………そうか。得心がいったよ。すまなかったな、姫草君」

「いえ、いいんです。ノンちゃんも『刑事さんは疑うのが仕事だ。気にするな』と言ってますし」

ノンちゃんは相変わらず器がでかかった。

さてと、これで全員の行動が確認できたわね。

だけど、問題は……。

「だが待ってくれ鶫夜君。全員の証言を聞いた限りじゃ、君と家政婦の牧野さん以外には下山を殺すチャンスがあったことになるぞ。二人でトイレに行った場合でも、一人が入っている間に外で待っているもう一人が書斎まで行ったり、逆にもう一人が外で待っている間にトイレの窓から抜け出して書斎まで行き、犯行を行うことは十分に可能だからな」

犬飼警部の声が応接間に響いた。

私はみんなの顔を順に見回した。

この中の一人が？

午後八時。現場を警察に任せ、私達は学園に戻ることになった。

あれから一人一人念入りな取り調べを受けたけど、結局犯人を特定するにはいたらなかった。

私は早めにベッドに入ると、目をつむってあれこれ考え始めた。

それにしても妙なことになったものだ。まさかまたしても殺人が起こるなんて。

しかも容疑者は私達全員だ。

もちろん私は自分の仲間達を信じている。ミス研の部員に殺人を犯す者がいるなんて思いたくもない。だったら、他の人達はどうだろう？　鵜夜先生はああ見えても信頼できる。変人ではあるけれど、やっていいこととダメなことの区別はついているはずだ。

それじゃ犬飼警部はどう？　まさか警察官が人を殺すとは誰も思わない。でも、実は警官が犯人でしたみたいなオチのミステリーも少なくないのも事実だし……。まさかとは思うけど、皆木先生が犯人ということも考えられなくはない。昨日に限って私達と行動を共にしたというのは不自然といえば不自然だ。

ああ、ダメだ。考えがまとまらない。こういう時はとっとと寝てしまうに限る。寝ている間に頭がすっきりして、いい考えが浮かぶかもしれない。

翌日曜日。十時までたっぷり眠ると、私は鵜夜先生のところへ向かった。

本当は胡桃も誘ったのだが、あの元気の塊のようなルームメイトも、昨日の疲れが祟《たた》ったのか、少しグロッキー気味に、

「ごめん来夢。昼くらいまで寝かせて」

と布団を被ったまま呟いたので、先生のところへは私一人で行くことにした。

地下室のドアを開けると、先生はソファに腰を沈めて熱心に何かを読んでいた。

先生が見せてくれたのは、昨日下山先生から預かった紫苑乃亜のエアメールだった。

「これだよ」

「何読んでるの？」

「なんだ。来夢君か」

相変わらず、文字がすれていて読みにくい。

「なぜ文字がすれているかわかるか？」

「さあ。手紙を折った時にすれたんじゃない？」

当てずっぽうで言ってみた。

「違うな」

じゃあなんだってのよ。

「キミならわかると思うんだけどな」

私ならわかる？　どういうことだろう。

「ところで、なんの用だ？」

「昨日の事件のことよ。先生はどう考えてるの？」

「白河美里殺しと同一犯と見て間違いないだろう」

「やっぱり。先生はどこまでわかってるの？」

「九割がたの謎は解けてる」

「本当なの？」

私の質問に、先生は黙って頷いた。

「この事件を解く鍵は動機だ。なぜ、犯人は殺人を犯すのか。それさえわかれば犯人もおのずと絞れてくる」

「動機ってやっぱり三年前のエマ・ルロワさんっていう留学生が自殺した事件と何か関係あるの？」

「ああ。間違いない」

「でもどうして？　そりゃ、白河先輩はエマさんからミステリーのトリックを盗んだみたいだし、下山先生もちょっとスパルタ気味だったみたいだけど、そんなことで自殺したりするかな」

「人が死にたくなる気持ちなんて、自殺志願者でもなければわからないさ。それに来夢君、論点がズレてるぞ」

「え？」

「今問題なのはエマ・ルロワが自殺した理由じゃない。なぜ犯人が白河美里と下山先生を殺したのかっていう理由の方だ」

「そりゃそうだけど」

「エマ・ルロワの自殺の原因が白河美里と下山先生にあると思った犯人は、なぜ二人を殺したのか。これは簡単だろ？」

「ええ。端的に考えれば、復讐《ふくしゅう》――でしょ？」

「正解。じゃあなんで犯人は復讐をしようと思ったのか？」

「そりゃ、憎いからでしょ」

「どうして憎いんだ？」

「だから、自分が大切に思っていた人が自殺なんかしたら、誰だって、その原因を作った奴には憎しみを抱くでしょ！」

と、ここまで言って私はようやく先生の意図がわかった。

「もしかして、犯人とエマ・ルロワには密接なつながりがあるってこと？」

「そう。大正解」

先生はわざとらしく拍手をした。

「でもちょっと待ってよ。昨日あの屋敷にいたメンバーの中にエマさんと懇意にしてた人なんかいた？　強いてあげるなら殺された下山先生くらいじゃない！」

「ああ。だがあの中の人物の一人にエマ・ルロワとのミッシング・リンクがあるとすれば?」

私は息をのんだ。ミッシング・リンクというのはある人物とある人物の間の隠されたつながりのことを指すミステリー用語だ。つまり、あの中の誰かとエマさんには隠されたつながりがあるってことを鵺夜先生は言いたいのだ。

私の驚愕をよそに、先生はさらにとんでもないことを言い始めた。

「実は犯人の目星はもうついている」

なんですって!?

「もしかしてあの暗号が解けたの?」

私は矢継ぎ早に訊いた。

「あの暗号?」

「下山先生が携帯に残した六つの数字よ!」

「ああ。あんなものまともな頭をしている人間なら誰にだって解けるさ」

まだ解けていない私に向かって平然とそんな台詞をぬかす先生。

「でも、あれはおそらく……」

「待って。自分で解いてみせるから!」

「頑張ってくれ。まあ無駄になるだろうけどな」

そんなことが言えるのも今のうちよ！　見てなさい、絶対に解読してみせるから！　私が奮起したのを尻目に先生は続けた。

「正直、あの暗号はそこまで重要じゃない。犯人を決めるのに役に立つのは事実だけどな。実は僕が犯人かもしれないと考えている人間は二人いるんだ」

「二人？　複数犯ってこと？」

「いいや、そうじゃない。今回の事件は単独犯だ。二人と言ったのはそういう意味じゃなくて、犯人の可能性がある人物が二人いて、そのどちらが犯人か決めかねているってこと」

「それは誰と誰？」

「それはまだ言えない。証拠がないからな。でも僕は一方の人物が限りなく犯人であると確信している」

「もう一人の方は？」

「ああ、万に一つの可能性さ。その人であってもおかしくないというだけ。その人はきっと犯人じゃない。でも可能性は捨てきれないからな。犯人候補ってとこか」

なるほど。つまり今先生の頭の中では、疑い濃厚の犯人候補Aと限りなく無実に近い犯人候補Bがいるってわけね。一体誰と誰なんだろう？

「ただ正直、下山先生まで殺されるとは予想していなかった」

先生がいつになく真剣な顔で言った。

「あら。頭のいい先生にしては珍しいこと」

冗談交じりに言ってやった。

「痛恨の極みだよ。てっきり僕はもう犯人は犯行に及ぶことはないと思っていたからな」

「どうしてそんなことが言えるのよ？」

「犯人が白河美里の殺人で、キミに罪を着せようとしていたからさ」

は？　どういうことだろう。

意味がわからない、という私の表情を察してか、鵺夜先生は丁寧な解説をしてくれた。

「もし僕がいなくて、キミがあのまま罪を着せられたままだったら、どうなっていたと思う？」

「そりゃ、私は今頃犬飼警部に捕まってカツ丼をおかずに刑事達の尋問を受けているでしょうね」

そうならなかっただけ、あんたには感謝してるわ。

私の返答に、先生は満足げに頷いて、

「じゃあここで質問。せっかく罪を着せた来夢君が警察の監視下にある状態で、誰の目から見ても同一犯であろうと思われる、下山先生の殺害事件が起こったらどうなる？」

あ、そっか。少なくとも、下山先生殺しは私の犯行じゃないってことになり、同一犯と思われている白河先輩殺しを私がやったってことも怪しくなってくるんだ。

「そう。あれだけのトリックを使ってまで、罪を免れようとした犯人の行動としては不自然だ。この場合、考えられる可能性は二つ。一つは、トリックを僕に見破られたことで、そんなことを気にする必要もなくなった」

「でも、それだと下山先生殺害は当初予定されていなかったってことにならない？」

私は口を挟んだ。

「その通り。おそらく、この連続殺人は緻密に計画されたものだろう。だから、この一つ目の可能性は却下だ」

「もう一つの可能性っていうのは？」

「そもそも来夢君に罪を着せたのは犯人からすると、ちょっとした時間稼ぎのつもりだったって可能性だよ。自分が下山先生の殺害を成功させるまで、他の人物に警察の目を向けさせ、犯行をスムーズに行うためのな。そしてこう考えると、僕が最も気にかけていた疑問も簡単に説明がつく」

「気にかけていた疑問って？」

「よりにもよって、自分のスケープゴートとなるべき相手に、キミを選んだことだよ」

「それのどこが不自然なのよ？」

「あのなぁ、来夢君。キミは転校生なんだろ？　白河美里とは面識がないと誰が見ても明らかだ。まあ胡桃君の紹介で、一応面識はあったみたいだけどな。いわば、学園内で一番殺害動機がなさそうな人間と言っていい。だからこそ、あれだけの状況証拠がありながら、犬飼警部もキミをすぐには連行しなかった。そんな奴をわざわざスケープゴートに抜擢《ばってき》するだろうか。僕なら胡桃君やさゆり君みたいに、もっと被害者と関係の深い人間を選ぶぞ」

…………言われてみれば、それもそうね。今の今までちっとも気にしていなかった。

「でも、犯人が本気で罪をなすりつけようとしていなかったと考えると、一番都合のいい相手であるのは間違いない。よってやはり犯人がキミを中庭に呼んで死体を発見させたのは、第二の殺人を確実に成功させるために、警察の目をそらすためだったと言えるわけさ」

なるほど、そういうことか。

よくもまあそれだけ理詰めに考えられるもんね。やっぱり数学的思考ってやつだろうか。ちょっと余談だけど、名探偵には二種類あると、私は思う。

論理型名探偵とひらめき型名探偵だ。

論理型名探偵は、理詰めで物事を順序立てて推理するタイプの探偵。

それに対してひらめき型は、ある一つの思いつきから、事件の全体像を一気に掴むタイプだ。

まあ、これはあくまでも私の個人的な分類なのであまり気にしないで。

要するに、鵜夜先生は完全に前者の論理型名探偵だと私は思う。

「それにしても退屈だなぁ」

話を終えた先生はソファの背もたれに全体重をかけるようにしてのけぞった。当然重心が後ろに移動し、先生はソファごとひっくり返ってしまった。

「ぐげっ!」

ドスンという大きな音と共に、鵺夜先生の口から奇声が漏れる。

「ちょっと、大丈夫？　すごい音がしたけど」

心配した私が近づくと、

「うああああ！」

と、素っ頓狂な声を出した。

「うわっ、びっくりした。何よ？」

「頭を打った瞬間、見えたんだ！」

「何が？」

「未来だよ！　未来のビジョンが見えたんだ」

「先生、それ本気で言ってるの？」

呆れて尋ねた。これは相当強く頭を打ったみたいね……。

一体どんな未来が見えたってのよ。

「今日の午後、駅前の本屋で僕がアリスと会うんだ！」

「アリスって、先生が好きな『少女探偵アリス』っていう漫画に出てくる、あのアリス？」

「そう！　そのアリスさ！」

「先生、一回病院に行った方がいいよ」

本気でそう思う。

しかし私の言葉なんかこの変人の耳には届いちゃいない。

「おっと、もうすぐ正午だ！　早く行かないと！　アリスが待ってる！」

「ちょっと待ってよ、先生。なんでアリスが先生に会うために駅前の本屋なんかにいるのよ」

「そんなの決まってるだろ！」

先生は自信満々に言い放った。

「僕がアリス合衆国の大統領だからだ！」

先生が戻ってきたのは夕方くらいだった。その間私は暇だったので、先生の書棚にあった本を読んで時間を潰していた。

「で、会えたの？　アリスに」

「…………会えなかった」

そりゃそうでしょうね。

「病院にはちゃんと行った？」

「ああ。大学病院に」

割と素直な奴だ。ようやく自分の頭がおかしいことに気づいてくれたみたい。

「どうだったの?」

「頭を打ったって言ったら、脳波を調べられたけど、別に異常はなかった。アリスにはいつ会えるんですかって訊いたら、精神科を紹介されたよ。同じ病院内にあったから、ついでに行ってきた」

いっそのこと、そのまま入院でもした方がよかったんじゃないだろうか。……色々な意味で。

「ああそれと、明日僕は犬飼警部と出かけることになりそうだから、ここに来てもいないぞ」

はいはい。二人でどこへでも行きなさい。

結局日曜日はそれで終わってしまった。貴重な青春の一日の大半を薄暗い地下室で過ごすのも悪くない経験だ。本もたくさん読めたしね。

物語がさらに大きな発展を見せたのは翌月曜日の放課後。私が掃除当番を終わらせ、一足遅れで部室に向かっている時だった。

「ああ。やっと見つけた。おーい、ライちゃん」

誰かが誰かを呼んでいる声が聞こえた。どことなく聞き覚えのある声だったが、あまり気にせず歩を進めた。それにしても〝ライちゃん〟ね。このネーミングセンスはさゆりと同じものを感じるわね。

「おーいってば」

ん？　そのライちゃんとやらは、まだ呼ばれていることに気づいていないのかな。鈍い人もいるもんだ。……って、まぁ、私には関係ないか。そんなことより、今日の夕飯は何にしよう？　気分的にはカレーかパスタなのよね。あ、でも、学食の夕飯は曜日によって変わるし、月曜日のは確か……。

などと覚えたばかりの学食のメニューについて、脳内で検索エンジンを起動していると、

「おい無視するなよ」

ポンと肩を叩かれる。

え？　もしかして今まで私に声をかけてたの？　それは悪いことをしたな、と思い、私は声の主の方を向いた。その人物の顔を見て、私は仰天するあまり腰が抜けそうになった。

「え、江波先輩！」

そこには、相変わらず制服を着崩し、髪をポストみたいに真っ赤に染めた江波遥先輩の姿があった。

「ったく。さっきから呼んでるのに、ひょっとしてライちゃんって難聴なのか？」

「ライちゃんって誰ですか⁉」

先輩は黙って私を指差した。

なんで私がライちゃんなのよ！

「え？　だってお前、榊原来夢だろ？　来夢だから、ライちゃん」

「変な呼び方しないでください！　それに安直すぎます！」

っていうか、この人ってこんなにフランクだったのか！　第一印象と違いすぎるわ。

「別にいいじゃないか。私のことも遠慮なくハルちゃんって呼んでくれていいからよ」

「先輩にちゃんづけはできません！　第一、もう自分に関わるなって言ってたじゃないですか！」

「ああ。そのことなんだがな。ちょっと事情が変わったんだ」

事情が変わった？　どういうこと？　江波先輩は、途端に真面目な口調になって、

「白河美里に続いて下山まで殺されたってのは本当か？」

「な！」

どうしてそのことを⁉　だってまだ公になっていないのに。

「その反応を見る限り、噂は本当みたいだな」

「噂？」

「ああ。もう学園中に広まってるぜ。下山が自宅で殺されて、ミス研の部員達がそこに居合わせたって」

そんな！　一体誰が⁉

「まあ。人の口に戸は立てられないってやつだな」

「はぁ」

私が困惑していると、江波先輩は顔に似合わず遠慮がちにこう切り出した。

「頼みがあるんだ」

頼み？　私に？

「お前らの知り合いの刑事がいるだろ？」

「え？」

「とぼけるなって。この前ミス研の部室に刑事が出入りしてるの見たんだよ」

刑事？　……ああ、犬飼警部のことか。

「ええ。知り合いといえば知り合いというか」

「頼む！　その刑事に会わせてくれ！」

……何かわけありのようね。立ち話もなんなので、私は先輩を部室まで連れていくことにした。


「――で、結局連れてきたってわけ」

胡桃が、ペット禁止のマンションに住んでいるにもかかわらず、捨てられた仔犬を拾ってきた子供を諭す母親のような口調で言った。

「まあそう言うなよクーちゃん。私が無理言ってついてきたんだ」

「クーちゃん⁉」

「あんた、青山胡桃だろ？　ライちゃんから聞いたぜ」

「ライちゃんって誰っ⁉」

「ところでサーちゃんはどこだ？」

「サーちゃんって誰なのっ⁉」

さすがの元気系少女胡桃も、江波先輩の前じゃ、ペースを乱されている。

「ほら、あいつだよ。ノンちゃんと一緒にいる」

「ああ。さゆりちゃんのことね。で、クーちゃんがあたし、ライちゃんが来夢のことか」

「そゆこと」

「さゆりちゃんなら、もうすぐ来ると思うよ。今日一年生は放課後、学年集会があるみたいだから」

その胡桃の台詞が終わらぬうちに、部室のドアが開いて、さゆりが入ってきた。もちろんノンちゃんも一緒である。

「やあ、サーちゃん。ご無沙汰だな」

「あ、江波先輩じゃないですか。この間はどうもです」

「大丈夫だったか、足の怪我」

「あんなのかすり傷ですよ。唾つけときゃ治ります」

「そうか。ずっと心配してたんだぜ」

江波先輩は心底安堵したように言った。

私はあの時の江波先輩の表情を思い出した。先輩の鞄があたってさゆりが転倒した時。あれは面倒事を避けようとしている不良の表情なんかじゃなかった。あれは自分の不注意で傷つけてしまった他人を思いやる表情だった。江波先輩は自分がさゆりに怪我させてしまったことをずっと気にかけていたのか。

江波先輩は部室に来てすぐに私達に打ち解けていた。胡桃なんかもうハルちゃん先輩なんて呼んでいる。やっぱりフランクな性格な者同士気が合うのだろう。

人を見かけで判断してはいけない、か。間違っていたのは私の方だったわね。江波先輩の服装や髪型から彼女という人間を勝手に不良だと決めつけてしまった自分の愚かしさに少々腹が立つ。

私の反省をよそに、江波先輩は屈託もなく笑っていた。

「あはは。にしても、ノンちゃんは相変わらず無口だな」

そりゃ、喋ろうにも喋れないのだからしょうがない。

さゆりは私の耳元までやってくると、

「ね？　悪い人じゃないって言ったでしょう？」

と、囁《ささや》いた。

はいはい。結局あんたが正しかったってことね。

「それで、ハルちゃん先輩は犬飼警部になんの用なんですか？」

ひとしきり騒いだ後、胡桃が本題に入った。どうでもいいけど、こいつが白河先輩以外に敬語を使うのを初めて見た気がする。犬飼警部にもタメ口だったしね。

「ああ、そのことか」

江波先輩は、さも面倒くさそうに、

「次に狙われるのは私だ」

と言った。

さっきまでの喧騒が嘘のようにその場が凍りついた。

今、この人なんて言った？

「おいおい、どうしたんだ。私何か変なこと言ったか？」

「江波先輩は――」

私はようやく重い唇を動かした。

「ハルちゃんでいいって」

そんなに呼んでほしいのか、この人は。

「……ハルちゃん先輩は、エマさんに何をしたんですか？」

「それがよ、実のところ、私は何もしちゃいないんだ」

「じゃあなんで警察の事情聴取を受けなかったんですか？」

「私は警察が嫌いなんだ」

こうきっぱりと断言されると、反論できない。

「他の連中は、私が警察の事情聴取を拒否ったからって、何かやましいことがあると勘ぐりを入れやがる。この前ライちゃん達が私のところに来た時も、てっきりまたその話を聞きに来たミーハーな連中なのかと思って、冷たくあたっちまったってわけさ」

それでエマさんの名前を出した途端に態度が変わったのか。

「身に覚えがないなら、どうして次に狙われるのは自分だと？」

さゆりが尋ねた。

「しょうがねえだろ、こんな手紙が来たんだから」

そう言って、江波先輩が差し出したのは、一枚の便箋だった。そこにはワープロのゴシック体でこう書かれていた。

エマ・ルロワのことについて話があります。放課後、中庭にいらしてください。なお、来られなかった場合、こちらからうかがわせていただきます。

文面だけを見るとただの呼び出し文だったが、今までのことを踏まえると、その手紙が江波先輩への殺害予告であることは誰の目にも明らかだった。

その手紙をよく観察してみると、私はあることに気づいた。

これ、私を中庭に呼び出した時の便箋と同じやつだ……。

どこにでもあるような便箋であったが、確かに同一の種類のものだった。

「ハ、ハルちゃん先輩、これをどこで見つけたのっ？」

胡桃が興奮した様子で尋ねた。

「今日授業が終わって、部屋に戻ったら、ドアの下に挟んであったぜ」

ドアの下か。これも私の時と同じだ。便箋のことといい、同一犯なのは間違いなさそうね。

「ねえ、これってガチでやばいんじゃない。D君か犬飼警部に相談した方がいいんじゃないの」

「わたしもそう思います。ノンちゃんも『こいつは危険な匂いがする』って言ってます」

「ああ、そのことなんだけど」

私は、二人が今日不在なことを話した。

「へー。あの二人って意外と仲がいいんだねっ」

胡桃はそう言うが、どうだろう。初めは二人共ものすごく喧嘩腰だったし（といってもこれはただ単に先生が無礼だったからである）。まあでも犬飼警部も先生の功績を認めてからは頼りにするようになっているみたいだから、仲が悪いとも言えないわね。

さて、二人がいないとなると、私達でどうにかしないといけないけど、何から始めたらいいんだろう。私はとりあえず、江波先輩からできるだけの情報を引き出すことにした。

「本当に命を狙われるようなことはしていないんですか？」

「してないね。断言してもいい。ただ――」

江波先輩は、ここで少し言葉に詰まった。

ただ、なんなの？　私の疑問をよそに、江波先輩は逆にこう訊いてきた。

「なあ、そのエマ・ルロワっていうのは、金髪のフランス人だったよな？」

そう尋ねられても、私は三年前、学園にいなかったのだから答えようがない。私の代わりに胡桃が答えてくれた。

「そうだよっ。……じゃなかった。そうですよっハルちゃん先輩」

「はは。そんな無理に敬語使うことはねえよ。たった一年や二年、先に生まれたからってそこまで敬われる資格はねえよ。でも、そっか。やっぱりあの時の奴がエマか」

あの時？

「三年前のことだ。確か例の自殺事件が起こった三週間くらい前だったかな。昼休み屋上で寝てた私は、予鈴のチャイムで目が覚めたんだ。次は遅刻とか欠席にうるさい先生の授業だったから、私は慌てて教室に戻ったよ。昼休みも終わって、誰もいないだろうと思っていたから、曲がり角のところでも、つい、スピードを緩めずに走っていたんだ。そしたら、向こうからきた人にぶつかっちまってよ。私は尻餅をついたくらいで済んだが、相手の方は壁に頭ぶつけちまってよ。すごい音がしたんだ。咄嗟《とっさ》に駆け寄って起こしたさ。で、その時になって気づいたんだが、その子は、外国のお伽噺のお姫様みたいな美人でよ、女の私でも思わず見とれちまったぜ」

「じゃあ、その人がエマ・ルロワさんだったんですね？」

さゆりが言った。

「ああ。たぶんな」

「それからどうしたの？」

胡桃が先を促す。

「頬を叩いてもなかなか起きないから、担いで保健室に連れてったよ。軽い脳震盪《しんとう》だって言われた。あの時はホッとしたぜ。死んじまったらどうしようかと思っていた。ぶつかった責任もあるし、彼女の意識が回復するまでつき添っていたんだが、そうだな、放課後には目を覚ましてたな。ぶつかったお詫《わ》びをちゃんと言って私は寮に戻ったよ。彼女は笑って許してくれた。むしろ看病してたお礼まで言ってくれたんだぜ。天使のような子って比喩はあんな子のためにあるんだと思ったね」

へえ。そんなことがあったんだ。

私は今までエマという人に対して、胡桃達から漠然としたイメージしか得られなかったけど、ここにきてようやく彼女の人となりがわかってきたような気がした。

にしても、〝天使のような子〟か。江波先輩がそんな表現を使うなんてね。初対面での印象じゃ、考えられなかったわ。

「こっちの名前とクラスは伝えてあったんだが、向こうのことは聞きそびれちまってな。でも、あの子がエマなんだろ？」

「間違いないと思うよっ、ハルちゃん先輩。うちの学校、留学生は年に一人しか受けつけないから」

胡桃から確証を得ると、江波先輩は切実に呟いた。

「そっか。あいつ……なんで自殺なんか……。馬鹿なことしたもんだぜ。死んだらなんにもならねえってのによぉ……」

なんでエマさんは自殺したのか、か。確かにそれが一番の謎といってもいい。江波先輩の話を聴く限りじゃ、彼女の自殺の原因といえるようなものは見当たらない。下山先生や白河先輩の時も同様だ。

たかが教師に少しスパルタ教育を受けたくらいで、たかが友人にミステリーのトリックをパクられたくらいで、人が簡単に死を選べるものだとは思えない。犯人が二人と同様に江波先輩を狙うというのなら、江波先輩にも狙われるだけの罪があるはずだ。でも実際は廊下でエマさんにぶつかっただけだという。

ああ、もう。まったくもって犯人の意図がわからないわ。こんな時、先生がいれば論理的に正解を導いてくれるんだろうけど、あの変人教師は肝心な時に限っていやしない。

「ハルちゃん先輩、とにかくこんな呼び出しには応じちゃダメだよっ。今夜はずっと部屋にいなきゃ」

胡桃が珍しくまともなことを言った。

「ルームメイトの人はこのことを知っているんですか？」

さゆりが訊いた。

「私ってこんな性格だろ？　だからルームメイトができてもそいつと馴染めないんだよな。おかげで中等の頃からずっと独り身さ」

自分のこととは思えないほど江波先輩はケロリと言った。

ふうん、そっか。江波先輩がこんなに気さくな人だって知ったら、みんな喜んでルームシェアしたがると思うんだけどな。

「ってことは寮に戻るのは危険だね。一人だと、いつ犯人が襲ってくるとも限らないし……」

胡桃はしばらく腕を組んで何やら模索した後、何かを思いついたらしい。指をパチンと鳴らして、

「じゃあこうしない？　今日はみんなでこの部室に泊まるのっ」

部室に泊まるって……そんなことして大丈夫なの？

そう私が懸念を示すと、胡桃は、

「バレなきゃ平気だって」

と、笑い飛ばした。しかし、逆を言えば、バレたら相当なお咎《とが》めを受けることに

なるってことだ。

「いいのか、クーちゃん？　私のためにそこまでしてくれて」

「いいって。いいって。だってこのままじゃ、ハルちゃん先輩の命が危ないんだよ！」

「そうか。すまねえな、恩に着るぜ」

「よーし、今夜はミス研部員総出でハルちゃん先輩の警護にあたるよー！」

とんとん拍子に話が進むので、ここでさゆりが待ったをかけた。

「ちょっと胡桃さん、今夜って一晩中ですか？」

「もちっ」

さゆりは人形を抱く腕にギュッと力をいれて、

「わたし、起きてられる自信ありませんよぉ。いつも十時にはベッドに入っちゃうんですから」

私も同感。第一、明日は普通に授業がある。夜ふかしはしない方がいいだろう。

すると胡桃は思案顔になって、

「うーん、じゃ、あれやろうよ。ほら、雪山で遭難した時とかに隊員が部屋の四隅に散らばって互いに起こし合うやつ」

ほら、と言われてもそんなアバウトな説明じゃ、なんのことだかわからない。けど、五ヶ国語を操る言語の天才、さゆりはピンときたらしい。

「それって、もしかしてスクエアのことですか？」

「ああ！　それそれ！　確かそんな名前だった。やり方知らない人いる？　いたら手を挙げてねっ」

挙手をした者はいなかった。一応、これを読んでいる人がスクエアを知らないといけないので簡単な説明を書いておこう。

スクエアっていうのは元々、雪山で遭難した登山隊が山小屋でやった吹雪を凌《しの》ぐ方法のことだ。やり方は簡単。まず、隊員が山小屋の四隅に散らばる。最初の一人が二人目の肩を叩く。一人目は二人目のいた場所に座り、二人目は三人目の肩を叩く。二人目は三人目のいた場所に座り、三人目は四人目の肩を――というふうに、これらを繰り返すことによって吹雪が止むまで寝ずにやり過ごすというもの。

これなら自分の番が来て肩を叩かれれば起きることができるし、仲間に順番を回すという使命感で頑張ることができる。なかなかよく考えられたやり方だ。

話を戻そう。要するに、胡桃はこれと同じことをやって今夜一晩明かそうというのだ。

「いい考えだと思うわ」

私は言った。

「でもそれだと夜食買いに行かなきゃだけど」

「じゃあ、私が行くぜ！」

江波先輩は元気よく手を挙げたが、胡桃がそれを制した。

「ハルちゃん先輩はダメだよ。命を狙われてるんだから。買い出しにはあたしと来夢が行く。それでいいでしょ、来夢」

「OKよ」

こんな状況だけど、夜間に学校を抜け出して街に出るのって、なんかワクワクするわ。


近所の商店街まで行って、お菓子やらジュースやらを必要以上に買い込んだ私と胡桃は、両手にレジ袋を引っ提げ、夜のアーケード街を並んで歩いていた。

「胡桃、ちょっと買いすぎたんじゃない？」

「大丈夫だって。食べきれなきゃ部屋の冷蔵庫に入れときゃいいんだから。……ねえ来夢、ぶっちゃけさ、どう思う？　今回の事件」

「どう思うって？」

「犯人だよ、犯人。それに犯行の動機やエマさんの自殺の謎、下山先生が残したダイイングメッセージっていうのもあるよ。とにかく、全てが謎のままじゃん」

「そうね。私も全然わからないわ。でも鵺夜先生は九割がたわかってるって言ってた」

「D君が？　それって犯人もわかってるってこと？」

「そうみたいね。少なくとも二人には絞り込めてるみたいよ」

「その二人って？」

「それが教えてくれなかったのよ」

「ふーん。でも、そこまでわかってるなら、その二人の身柄を両方共押さえちゃえばいいのにさ」

「そんな簡単にはいかないでしょ。証拠がないって言ってたし」

「証拠ね……あ、ちょっと待って。メールが来たみたい」

胡桃はポケットからスライド式の携帯を取り出すと、慣れた手つきで操作を始めた。

「誰から？」

「迷惑メールだよ。最近多いんだ……え」

そこで胡桃の足が止まった。

「どうしたの?」

「ねえ来夢。下山先生が残した暗号の数字覚えてる?」

「ええ。確か、627423……だったかな。それがどうかしたの?」

「……」

胡桃はそれきり黙ってしまった。そのまま歩行を再開する。アーケードの明かりがあるとはいえ、周りには人がほとんどいないので胡桃に黙られると寂寥《せきりょう》感が湧いてくる。

その時。進行方向の先で、アルバイトらしい若い女の人が何かを配っているのが目に留まった。試供品のようだ。歩を進めるにつれ、だんだんその地点に近づいていく。素通りするのも失礼かなと思い、差し出されたものを受け取った。

「何もらったの?」

「これよ」

私は手のひらに乗ったそれを胡桃に見せた。南極を思わせる爽快な青のパッケージが特徴的な直方体。

「なんだ。ただのチューインガムじゃん」

「私、ガム嫌いなんだけどな……」

「ハルちゃん先輩にあげれば？　いっつも噛んでるし」

「そうね。そうするわ」


部室に戻ると、さゆりと先輩が楽しげに会話をしている場面に遭遇した。

「にしても、なんでサーちゃんはそんなに外国語がペラペラなんだ？」

「やっぱり外国暮らしが長いですからね。自然と身についてしまったんです」

「うらやましいぜ。あーあ、あたしも小さい頃から外国に住んでりゃあな。英語のテストなんかも楽勝で、好きなだけ外国人と話せただろうに」

「ふふふ。でも、たとえその言語がわからなくても、相手の言葉を真剣に聴く気持ちがあれば、ちゃんと相手が何を言おうとしてるのかはわかりますよ」

「な、なるほど……。だからサーちゃんはノンちゃんの言葉さえもわかっちまうのか……」

江波先輩は得心顔で頷いていたが、きっとそれは違うと思う。

「先輩」

「ん？　どうしたんだライちゃん？」

私が先ほどのガムを渡すと、江波先輩はそのままそれを口に放り込んだ。

「サンキューな。ライちゃん」

いえいえ。どうせ試供品ですから。

「江波先輩っていっつもガム噛んでますね」

さゆりが不思議そうに言う。

「おう。子供の頃から噛んでるぜ。もはや癖みたいなもんだな」

「いいですね。わたしなんか親に虫歯になるから食べちゃダメだって言われてましたから、小学三年生の時まで噛んだことなかったんですよ、ガム」

「そうなのか？　そんな歳までガムを食べたことがなかったなんて、サーちゃん人生損してるぜ」

「がーん、そうなんでしょうか」

さゆりはしょんぼりしていた。

いや、別にガムなんか噛まなくたって死にゃしないわよ。さっきも書いたけど、私はガムが嫌い。小さい頃ママにガムを飲み込むと死んじゃうなんて嘘八百を並べられたおかげで、すっかり毛嫌いしてしまったのだ。おまけにあの歯に絡みつくような感触が嫌なのよね。というわけで、残ったガムもパッケージごと全部江波先輩にあげることにした。

その後――。ジュースで乾杯をし、お菓子をつまみながら、いわゆるガールズトークでひとしきり盛り上がった私達は、早めに眠ることにした。あまり騒いで宿直の先生を呼び寄せてしまったらマズイしね。

公正なジャンケンの結果、スクエアのトップバッターは私、しんがりは江波先輩が務めることになった。警護対象が参加するのもなんだけど、先輩が参加しないことにはスクエアが成立しないのだからしょうがない。

で、今現在、喋り疲れたみんなが眠る中、私は一人起き続けているというわけだ。一人が起きている時間は二十分。これなら一回役目が終わると、次の自分の番が回ってくるまでに一時間は眠ることができる。

それにしても暇だ。本を読もうにもみんなが寝ている手前、電気をつけるわけにもいかないし……。

私は退屈や寂寞《せきばく》と戦いながら、時間が過ぎるのを待った。

よし。二十分経った。

私は次の人の肩を揺すって起こし、その場所に座った。

これで一回目の役割は果たした。次の順番が回ってくるまで寝よう。

……………

……………

……

「――君、――む君」

誰かが私の体を揺すっている。誰だろう。ママかな？

いや、ママは私のことを来夢君だなんて呼んだりしない。それに、ママは今頃パパとフランスに行っているはずだ。だから私はこうして聖南学園に編入して……。

「――夢君、来夢君」

「来夢君、来夢君！」

もう。うるさいなあ。少し寝かせてよ。次の順番が回ってくるまで私は寝るって決めたんだから。

ん？　次の順番？　ああ。思い出した。そういえば昨夜は江波先輩の警護のためにみんなで部室に泊まったんだっけ。それでスクエアをやることになって………

いっけない！　私は目一杯バネを強化したカエルのおもちゃのように飛び起きた。

「やっと起きたか」

そう言って私を覗き込んできたのは、灰色の瞳。

「……鵺夜先生」

なんで先生がここに？　状況がよく掴めないまま私が困惑していると、部室のドアが開いた。胡桃達が暗澹《あんたん》たる面持ちで入ってくる。そこに江波先輩の姿だけがなかった。

「あ……来夢も起きたんだ」

胡桃の今にも消えそうな声。

「どうしたの？　そんな深刻な顔して。それに江波先輩は？」

「来夢さん、落ち着いて聞いてください」

さゆりがいつになく真面目な口調で言った。

「江波さんが、殺されました」


一瞬、さゆりが何を言っているのかわからなかった。

殺された？　江波先輩が？

「そんな！　どうして!?」

私は叫んだ。

「来夢君、落ち着け」

鵺夜先生が私を宥める。

これが落ち着いていられますか！

「場所は？　どこで殺されたの？」

「隣の文芸部の部室だよ」

先生の言葉が終わらないうちに、私の足は文芸部の部室に向けて駆け出していた。ミス研の部室を出ると、部室棟の狭い廊下では、青い制服を着込んだ人達が忙しそうに動き回っていた。警察の人がこんなに……。

ひと目でことの重大さが伝わってきた。

「おっ、榊原君、起きたのか」

と言って私の肩を叩いたのは犬飼警部だった。

「警部、江波先輩が殺されたって……」

「ああ。残念ながら本当の話だ。そこの文芸部の部室で殺されていたよ」

犬飼警部に連れられ、おぼつかない足で文芸部の前に。その入口は、中庭の時のようにキープアウトの黄色い線で封鎖され、その境界の向こう側では鑑識さん達が中腰になって指紋採取をしていた。

「あそこに人型の白線があるだろ。あの場所に江波遥はうつ伏せで倒れていたんだ」

警部の示す先には、テレビドラマなんかでお馴染みの、あの白線があった。現場保存のために、死体があった場所と死体の形をチョークで記しておくものだ。

江波先輩……。一体どうして……。

昨日の夜はあんなに元気だったのに……。

「警部、私達が寝ている間に一体何が起きたんですか？」

震える声で尋ねた。

「そのことなんだが、どうも我々としても、いまいち状況が掴めていないんだ。わかっているのはナイフで心臓を一突きにされたってことだけ。そこで今から君達の部室で事情聴取をすることになったんだが、大丈夫か？」

「ええ。私は大丈夫ですけど、授業は？」

「こんなことになったんだ。中止だろう」

……それもそうね。

「わかりました。行きましょう」

ミス研の部室に戻ろうとした時、ふとあるものが視界に入った。文芸部の部室、江波先輩の死体があったという白線の近くに証拠物件Bとしてチョークでマーキングされたもの——。なんだろう、あれ。チョークで描かれた円の中には、形あるものが鎮座しているわけじゃなかった。ただ、しみか汚れのようなものが円の中心にこびりついていたのだ。

ほんの少しの休題

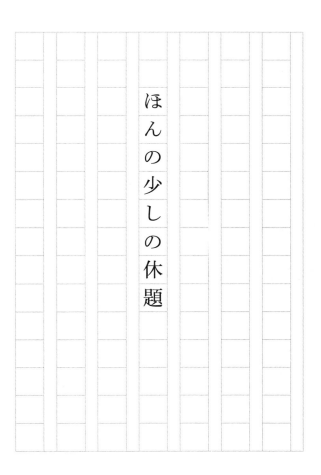

聖南学園での、あの連続殺人事件から数ヶ月、世間のこの事件への関心も最近では随分と下火になってきた。今刷り上がったばかりの、私が書いたこの事件の記録を読み直してみると、あの日の朝のママとの会話から始まって、本当に色々なことがあったように思う。今こうして西陽の差し込む放課後のミステリー研究会の部室でこの文章を書いていると、あの出来事がつい昨日のことのように鮮明に思い出すことができるのだから不思議なもんだ。

さて、今の段階で私はプロローグから第五章までを書き終えている。あとは解答編の第六章と蛇足ばかりのエピローグを書けば、ここ数週間に及ぶ私の大仕事は終わるわけだ。私がこの春実際に起こったこの事件を小説の形で著そうと思ったのは、いつぞや胡桃が言っていた文化祭の時までに書かなければならない小説の題材にこれほどうってつけなものはないと直感したからであり、また、この事件での鵺夜先生の活躍をしっかりと書き留めておかなければならないと感じたからでもある。私はあの事件の当事者として、彼の功績をこうして記録しなければならないという使命感に駆られたのだ。

私はとりあえず、プロローグから第五章までのA４サイズの原稿用紙をクリップでまとめ、鵺夜先生のところへ持っていった。これから解答編を書くにあたって、抜けている伏線がないかを確認するには、事件を実際に解決した探偵に推敲《すいこう》してもらうのが一番だろうと思ったからだ。

彼の住処の地下資料室に行くと、先生は私を快く迎えてくれた。早く感想が聞きたかったので、原稿を渡すと、私も持参した推理小説を読みながら、先生の読了を待った。先生は割と注意深く読んでいたようだったが、二時間も経たないうちに、私が何日もかかって書いた原稿を読み終えた。

「どうだった？」

自分が書いた物語の感想を人に求めるのは非常に勇気がいったけど、私は訊いた。

「よく書けているな」

先生は、原稿の束をパラパラめくりながら答えた。

「ご丁寧に第二章には殺害現場の見取り図までついている。これはキミが作ったのか？」

「パソコンのソフトを使ってね。慣れないもんだから、ちょっと下手だけど勘弁して」

「まぁ、見取り図なんてものはこのくらいシンプルな方がいい。キミと警備員の足跡も省略してあってわかりやすい」

「ああ。それはただ単にソフトの使い方がよくわかんなくて、足跡がまっすぐにしか描けなかっただけよ。もしも白河先輩の足跡がまっすぐじゃなかったら、見取り図は描けなかったわ」

「なるほど。それにしてもよく書けているな。惜しい点を挙げるなら、事件の記録を書くのに専念するあまり、感情描写がおろそかになって、読み手によっては登場人物達が冷めているように映るかもしれない」

褒める点は褒め、ダメなところはちゃんと指摘する。鵜夜先生はいい編集者になれそうだ。

「いや、でも本当によく書けていると思うぞ。ただ、あちこちで僕のことを変人だとか子供っぽいとか変態だとか書いているのはどうかと思うが」

「あ……」

私は思わず口をあんぐりと開けた。そんなところに気を回す余裕なんかちっともなかったから、なんの訂正もせずに先生に渡してしまった。

「まあ僕はそんな小さなことは気にしない聖人君子のような性格だから気にはしないさ。そんなことより、僕がエロいゲームをしてたのは内緒だって言っただろ！不特定多数の生徒が読む部誌の小説でバラしてどうする！」

「わかったわよ。そこだけは後でちゃんと訂正しとく」

なんてのは嘘八百で、ちゃんと鵺夜先生が卑猥《ひわい》なゲームに興じていた事実は、残しておくつもりだ。そんな私の魂胆も知らずに、安心した鵺夜先生は小説の論評に戻った。

「一人称の小説……いや、小説というよりは手記としてよくまとまっている。キミが行動したこと、言ったこと、感じたことなどが、あちこちに〝私は〟という言葉で丁寧に書かれている。一切余計な小説的情景描写を入れずに、全ての出来事を正確にありのままに書いているな」

先生はここで一旦言葉を切った。

「ただ一点を除いては」

この言葉で、私は先生がこの小説に施されたある仕掛けについて、一読で看破したことを悟った。やはりこの人は侮れない。

「推理小説の形になっているかしら？」

これは私がこの小説の構想を思いついた時に、真っ先に心配したことだった。

「大丈夫だとは思う。だが僕はこんなタイプの推理小説は読んだことがない。確かに必要なデータは全て揃っている。作中での僕のように、全てを見通す冷静さがあれば、誰でも真相にたどり着けるようになっている。その上での賛否は読者に委ねるしかないな。それに」

と、先生は再びここで言葉を切った。

「推理小説とは伏線の文学であり、小説の形をしたパズルだ。キミの作ったこのパズルには、ふんだんに伏線が盛り込まれている。ただ、あからさますぎて、逆に読者はその多くの伏線に気づかないかもしれないけどな」

そう言う鵜夜先生はどことなく嬉しそうだった。

「どうしたの？」

「いや、何、ワクワクしてね。身震いがする。これを読んだ読者がどういう反応を見せるのか。今から楽しみだ」

「そんなに面白かったの？」

「ああ。僕は天才だからな。わかるんだ。蟻《あり》が砂糖に、蛾が街灯に群がるように、人間の中でも賢い者は、未解決の難問に群がる。これはもはや本能だ。謎を目の前に、じっとはしていられない。実生活の地面から、踵《かかと》を上げることの崇高さを理解できない馬鹿どもには、信じられない行為に映るかもしれないけどな」

そう言って、哄笑する。そして、ふと思いついたように、

「そうだ。ここでの僕との会話も小説にして、原稿に加えるといい。いいヒントになるはずだ」

なるほど。いい考えだ。是非そうさせてもらおう。私は先生にお礼を言って、地下室を後にした。寮に帰って早く続きを書きたい。私は学園を出ると、寮に向かって足を急がせた。

第六章

「——ということは、キミ達は昨夜、江波遥の警護をするために部室に泊まり込んだんだね？」

「そうだよ」

警部の質問に胡桃が代表で答えた。場所はミス研の部室。さっき腕時計を確認したら、短針が七、長針が十二を指していた。午前七時——私は知らないうちに十時間近く眠っていたらしい。

「ふむ、最初に起きたのは青山君だったね」

「うん」

胡桃が頷く。

「で、江波遥がいなくなったことに気づいたと」

「うん……。あたしが目を覚ましたのが朝の六時頃だったんだ。部屋を見渡してもハルちゃん先輩がいないから、しばらく近くを探していたんだけど、見つからなくて。例の手紙のこともあったし、不安になってD君と警部に電話したんだ」

「確かに。俺と鵺夜君がキミの連絡を受けたのが午前六時十分頃。そして六時半には学園に到着している」

「その時にはわたしもノンちゃんも起きてましたよ。来夢さんはぐっすりでしたけどね」

　さゆりが言った。

　ということはみんなが江波先輩を探し回っている間、私だけ何も知らずに爆睡していたってこと？　なんだかものすごく滑稽だ。

「なんで起こしてくれなかったのよ？」

「だってまさかあんなことになっているなんて思いもよりませんでしたし、起こすのも悪いかなって」

「そう……。で、死体を見つけたのはいつなの？」

「僕達が到着してすぐだよ。警部がなんとなしに文芸部のドアを開けたらあの有様だったたってわけさ」

　そう教えてくれたのは鵜夜先生である。

「急いで警部が応援を呼んだんだが、結構な騒ぎだったぞ。それでも来夢君は全然起きやしない。これは犯人に薬でも嗅がされたんじゃないかって、起こしたわけさ」

　私が寝ている間にそんなことがあったのか。

　うーむ。つくづく自分が間抜けに思えた。

　ん？　でもちょっと待って。

「ねえ、私達って江波先輩を朝まで警護できるようにスクエアをやったじゃない。なんでみんな朝まで寝てるわけ？」

私のこの発言に、胡桃とさゆりは首をひねった。

「そういえばなんでだろ？」

「確かにそうですね。どうしてでしょうか？」

むう。二人共原因はわからないってことね。

「ちょっと待ってくれ。スクエアをやったってどういうことだ？」

鵺夜先生が訊いてきた。

「ああ。そういえばまだそこら辺の話はしてなかったわね。ええとね……」

何が重要になるのかわからないので、私は昨日の夜のことを事細かに話した。具体的に言うと、この小説の第五章後半部分にあたる出来事はたいてい伝えたと思う。

「なるほど……スクエアのトップバッターは来夢君だったな？」

「ええ。ちゃんと次の人を起こしたわ」

「あたしも！　ちゃんとつないだよ！」

「わたしも胡桃さんに起こされて、次の江波先輩につなぎました」

「ふむ……」

先生は何やら考え込んでいるようだった。

「犬飼警部はどう思いますか？」

私は訊いた。

「そのスクエアとやらがなぜ続かなかったのかということか？　それならおそらく江波遥が起きている二十分の間に彼女が殺されたからだろう。死んだら次の人を起こすこともできないからな」

「いえ、そうじゃなくて、この状況で私達以外に犯行が可能だった人がいたのかってことです」

それはみんなが気になっていたが、口には出せなかったことだった。なぜなら、江波先輩が昨晩部室にいたことは本人以外にはミステリー研究会のメンバーしか知らなかったのだから。

「一人だけいるな」

「誰ですか？」

「昨日の夜、宿直をしていた皆木先生だよ」

『っ！』

これは私達にとってかなりの衝撃だった。まさかあの皆木先生が……？

「宿直の先生ならキミ達が騒ぐ声を聞きつけて、そこに江波遥がいることを知るのは造作もないだろうな。おまけに皆木先生は下山の事件での容疑者でもあるしな」

そして犬飼警部はこうもつけ加えた。

「もちろん、このことは君達全員にも言えることだがな」

犬飼警部の言葉に私たちは凍りつき、その場を動けないでいた。わかってはいたことだけれど、改めて直視すると、これほどまでに残酷な事実が他にあるだろうか。容疑者はかなり絞られていた。私達ミス研メンバーのうちの誰かか、昨夜学園に残っていたという皆木先生しかいないのだ。

誰が犯人か、なんてことは、この時の私には、もはやどうでもいいことのように思えていた。あえて言うなら、誰も犯人であってほしくなかった。この学園に来てから出会った人達の中に犯人がいるだなんて思いたくなかったのだ。

しかし、その願いが叶わなかったのは言うまでもないだろう。なぜなら私がこの小説を書いているということ自体が、この容疑者達の中に犯人がいたという何よりの証拠なのだから……。

「ねえ、D君。わかってるんでしょ、犯人が」

沈黙を破るように胡桃が言った。

「どうしてそう思うんだ？」

「昨日の夜、来夢から聞いたんだよ。D君は犯人の目星がついてるんだって。でも証拠がないから捕まえられないんでしょ？」

「………」

鵺夜先生は答えない。

しびれを切らして胡桃が言った。

「実はあたしもだいたいのことはわかってるんだ。D君がいつまでも犯人を言わないんなら、あたしが言うから！」

「本当なの？　胡桃」

私の声は驚きで変な調子になっていたかもしれない。この展開はまったく予想していなかったのだ。まさか胡桃が探偵役に転じるとはね……。

「もちろん！　D君、それで構わない？」

「ああ……。好きにするといい」

先生の声のトーンは心ここにあらずといった感じだった。何か他のことを考えているようだ。

その態度が胡桃を発奮させたらしい。

「少し、考えをまとめたいんだ。三十分時間をちょうだい。それまでに事件関係者を全員集めといてね！」

と吐き捨てるように言うと、胡桃は部室を出て行ってしまった。

「ちょっと胡桃さん！　どこ行くんですか！」

さゆりが慌てて追いかける。

私も咄嗟に追いかけようとしたが、足が止まった。私達の様子を見ていた鵜夜先生が長く深い嘆息にも似た声を出したのだ。

「そうか……」

「鵜夜君、どうかしたのか？」

「警部！」

先生が犬飼警部に耳打ちをした。この場所からじゃ、内容は全然聞き取れない。

「ん……いや、そんなものはなかったぞ」

「やはり……」

「先生、どうしたの？」

私の質問に先生は満面の笑みで答えた。

「ついに見つけたんだよ、証拠を！」


胡桃が部室を出てから、ちょうど三十分。

事件の当事者である、私達ミステリー研究会の面々、犬飼警部、皆木先生、そして鵜夜先生は、ミス研の部室に集合していた。

「さて、みんな集まったところで、謎解きを始めるよ！」

胡桃が快活に宣言した。

「おいおい大丈夫なのか、青山君。本当に犯人がわかったんだろうな？」

犬飼警部はまだ半信半疑のようだ。

「うん。ばっちりだよ。下山先生の残したダイイングメッセージがあたしに犯人を教えてくれたからね」

「わかったのか!?　あの627423という数字の意味が！」

「もちっ。完全に解けたよ。あのダイイングメッセージを解く鍵——それは、あれが携帯の画面に入力された数字だってことだよ！」

自信満々に言い放つと、胡桃は紙と鉛筆を取り出して、例の六つの数字を書いた。

「まず、あの数字を二個ずつのペアに分けて考えるんだ」

胡桃は紙に書いた数字の2と7、4と2の間にスラッシュを入れた。

「携帯のボタンってさ、電話をかける時とは別に、メールを打つ時にも使うよね。つまり、あの数字は平仮名に変換できるってこと」

胡桃は自分の携帯のメール画面を出して、実演を始めた。

「左の数字が押すボタンの番号、右の数字が押す回数。これでメールを打つと、最初の62は『ひ』次の74は『め』最後の23は『く』を表すってわけ」

ひ、め、く？　これがあのダイイングメッセージの意味だって言うの？

「わからないかなあ。あのメッセージは書きかけだったんだよ」

書きかけ？

「犬飼警部が言ってたよね。下山先生は、刺された後数秒間だけ生きてたって。下山先生は、6274233まで数字を打った段階で力尽きちゃったんだよ」

それじゃあ、下山先生が書けなかった続きの数字っていうのは……。

「31だと思うよ。全部あわせて、627423331。これが下山先生が書こうとしたダイイングメッセージの全容だよっ！」

627423331……これをさっきのルールで解読すると……え？　まさか！

「一文字目は『ひ』、二文字は『め』、三文字目は『く』、そして最後は『さ』、続けて読むと『ひめくさ』――つまり、犯人は、姫草さゆりちゃん、あなた！」

胡桃の右手人差し指がビシッとさゆりを指差した。

それに対する彼女の反応は――。

「はい？」

さゆりはまったく意味がわからないという風に首をかしげていた。

あの、胡桃さん……。本人ポカンとしてるんですけど……。本当に大丈夫なの？

私の心配をよそに、胡桃は名（迷？）推理を続けた。

「さゆりちゃん、あなたはあの夜、中庭に呼び出した先輩を殺害して、この前D君が実演してみせたっていうトリックを使い、手紙で現場に呼び出した来夢に罪を着せた。その後、ミステリー研究会に入部して、捜査という名目で、下山先生やハルちゃん先輩に近づいた。次の犯行の機会をうかがうためにね」

「はあ……」

さゆりはあっけにとられて聞いている。

「次に下山先生の家での事件。あなたはトイレに行った時――あたしと行った時か二回目にノンちゃんと行った時かはわからないけど――書斎に行って、下山先生を殺した。そして昨日の夜、あなたはスクエアで次に起こすはずのハルちゃん先輩を起こさずに隣の部屋に運んだ。そして部室に戻って、翌朝警察に起こされる。ハルちゃん先輩をあなたが起こしたっていうのは、あなたの証言を除けば、死んだハルちゃん先輩以外には証明できない。こうしてあなたは三人の人間を殺した。どう？違う？」

「ちょ、ちょっと待ってくださいよ、胡桃さん。どうしてわたしがあの三人を殺さなきゃいけないんですか？」

「そんなの後で調べればわかることだよ。ね、D君も同じ意見でしょ！」

「全然違うよ」

鵺夜先生が即答した。

「胡桃君、残念だけど、キミの推理は大外れだ。犯人はさゆり君じゃない。というか、そもそも、さゆり君には第一の事件でクラスメイトと買い物に出かけているっていうアリバイがある」

「え!?　そうなの!?」

胡桃は無茶苦茶驚いていた。

そういえば、胡桃はさゆりのアリバイの件は知らなかったっけ……。

「え、じゃあ、でも、下山先生のダイイングメッセージは⁉」

「まずは時系列にそって、最初の事件。白河美里殺しから説明しよう」

混乱する胡桃を無視して、先生は話を始めた。いよいよ始まるんだ。本物の名探偵の謎解きが。

「この事件からわかる事実は二つ。左手で掴んだ跡があることから、犯人は右利きであること。そして被害者の靴で足跡を残せたことから、女性であること。

しかし、逆に言えば、これ以外のことはまるでわからなかった。犯人は来夢君に罪を着せるため、手紙を届けているが、来夢君がその日に白河さんと接触したことをどこかで盗み見さえしていれば、名前も部屋のドアに書いているわけだから、彼女宛の手紙を届けることは誰にでもできるからな。

ただ、犯人にとっての誤算は僕がトリックを見破り、来夢君の無実を証明してしまったこと。おかげで、しばらくは安全圏にいるはずだった犯人は警察にマークされ、次の犯行、下山先生殺しがやりにくくなった。そこで犯人はなんとも大胆なことに、捜査をする僕達に近づき、下山先生を殺す機会をうかがうという手段に出た」

鵺夜先生の推理に、その場にいた全員が息をのんだ。

「では次に第二の事件、下山先生殺害事件に関して。あの時、屋敷にいたメンバーの中では、僕と牧野さんを除いて全員にアリバイがなかった。屋敷の警備は厳重で、外部犯の線は薄い。先ほども言ったように、犯人は女性だから、犯人は犬飼警部を除いた人達の中にいる。

真っ先に除外したのは皆木先生だった。なぜなら、彼女はかなり早い段階で応接間を出ている。他の人が応接間から出るかどうかなんて、その時にはわかるはずもない。下手をすれば、アリバイがないのは警部を除けば自分だけになり、犯人だと確定してしまうからな。しかし、その他の人間はまだ容疑者だった。全員に犯行のチャンスがあり、他の人が部屋を出るのを確かめてから、書斎に向かうことができたのだから。

そして、下山先生の事件に関するある重大な事実。全員がこの点を見過ごしてきたようだが、逆に僕には極めて重要に思えた事実——すなわち、犯人があの状況で犯行に及んだということ。あの場には警察の犬飼警部や探偵の僕がいた。しかも、屋敷の警備は厳重で、そこで下山先生を殺せば、内部犯だということになるのは目に見えている。なのになぜ犯人は犯行に及んだのか?

これは難しかった。こういった場合は逆から推理するしかない。すなわち、下山先生があの時殺されなかったら、どういう状況になっていたかをまず考える。当然、彼は書斎から戻ってきて、僕達の輪の中に加わり、後から来た胡桃君達と話をするはずだった。ならば、犯人があのタイミングで彼を殺したのは、それを防ぎたかったからに他ならない。では、下山先生が胡桃君達に接触すると、犯人にとってどんな不都合が生じるか？」

鵜夜先生は教師が生徒に問題を考えさせる時のように目一杯間を置くと、次のように話題を転換した。

「そのことを説明する前に、昨日、僕と警部がどこへ行っていたかを話そう。来夢君にも言ったが、下山先生が殺されて以降、僕は犯人を二人の人間に絞っていた。犯人の可能性が極めて高い犯人候補Aと可能性の薄い犯人候補Bという具合にな。さて、下山先生の事件から一夜明けて僕は犯人を一人に絞ろうと思い、ある場所に出かけようとした」

「ある場所って？」

私は訊いた。

「それは後で話すことになるから今は伏せよう。とりあえず僕はそこへ出かけようと準備をしていた。すると、そこにあろうことか犯人候補Bが訪ねてきてしまったんだ」

犯人候補の一人が先生を!?　一体誰が……。
あれ？　ちょっと待てよ。
下山先生が殺されてから一夜明けてってことは、日曜日のことよね。日曜日って
いえばまさしく私が先生のところに行った日なわけで……。
「もしかして、その犯人候補Bって私のこと?」
恐る恐る訊いてみた。
「他に誰がいるんだ？」
「なんで私が犯人候補なのよ！」
「まあその理由も後でちゃんと話す。とりあえず、あの時僕は焦った！　まさか犯
人候補の一人が自ら僕のところに来るとは！　もしかしたら探偵の僕を消してしま
えば自分は安全だという安直な結論に達して僕を殺しに来たのかとも思った」
その言い草に私の中に黒い感情が生まれた。こいつ、本当に殺してやろうかしら。
「ところが、どうやら来夢君は事件のことを聞きに来ただけのようだった。僕は自
分の考えを話した。だが、さっきも言ったように僕は出かける用事があった。でも
そのことを犯人候補に悟られるわけにもいかない。そこで一計を案ずることにし
た。頭を打っておかしくなったふりをして病院に行ったんだ」

頭を打っておかしくなったふり……ってことは、

「あの時、アリスに会いに行くとか言ってたのは嘘だったのね！」

私は思わず叫んだ。

「僕はこれでも現実と空想の区別はつく方なんだよ。それにあながち嘘でもない。ちゃんと言ったろ？　病院にも行ったって」

病院？　もしかして先生の目的地って病院だったの？

「そう。とは言っても行ったのは外科じゃなくて精神科だったけどな」

精神科？　なんでそんなところに？

「ある人物を探すため。そして僕はその子を見つけ、昨日犬飼警部に協力してもらい、その子を保護した」

「誰なの、その子って」

胡桃が言った。

「もうここに来ている。思いがけず胡桃君が用意してくれた三十分の間に呼んでおいたんだ。さあ、入ってきてくれ！」

鵺夜先生の声と共に、部室のドアが開いた。そして婦人警官と一緒に一人の少女が入室した。

みんなが息をのむのが空気で伝わった。その少女の容姿――アメジストのように輝く紫の瞳にシルクのように白い肌、そして何より目立つのが、白銀の髪――まるで西洋のアンティークドールのようだった。誰なの、この子？

「D君まさか白人の美少女を誘拐……」

「違うわ！」

先生が胡桃の憶測を全力で否定する。そして、コホンと咳払いをして、

「この子は一ヶ月前にバスの事故に遭って、それが原因で記憶を失くしてしまったんだ。そのまま大学病院の精神科に入院していたってわけさ。本来なら、キミ達と同じように、ここ、聖南学園に通うはずだった」

「休学中ってことですか？」

さゆりが訊いた。

「いや、ところが不思議なことに、学園の記録ではこの子はずっと登校し続けているんだ」

え？　それってどういうこと？

「つまりこういうことだ。この子が記憶を失くしたことを知った誰かが、この子になりすまして学園に潜入していたんだ」

なりすまして潜入って……できるの？　そんなこと。

「やってやれないことはない。来夢君も知っているだろ？　この学園に編入するのに、顔写真なんか必要ないこと」

「……ええ」

確かに、この少女の記憶喪失が編入の直前のことで、先生も生徒も学園内に顔を知っている者が誰もいない状況なら、不可能ではない。……けど、一体なんのためにそんなことを？

「これから殺す予定の三人を殺害するのに、同じ学園にいた方が便利だし、それに仮に取り調べを受けても、警察が動機を見つけられるわけがない。なぜなら、犯人が扮するこの少女自身に、あの三人を殺害する理由がまったくないんだからな。

僕は最初からこの事件はどこかが変だと感じていた。容疑者の誰一人として、被害者達を殺す動機を持ち合わせていないんだからな。警察や僕がどんなに調べても、だ。だから僕はふと、こう考えた。もしかしたら、殺害動機を持つ何者かが、容疑者の一人になりすましているんじゃないかってね。初めは僕も、まさかそんなことは……と思った。けれど、来夢君がこの学園に編入するのに写真がいらなかったと言っていたのを思い出し、一ヶ月前のバス事故のことを知った時、だんだんと確信に変わっていった。

そして、これこそ僕が来夢君を犯人候補に加えた理由だ。初めからこの学園の生徒である胡桃君やさゆり君になりすますのは難しいが、転校生の来夢君なら学園に本物の彼女の顔を知る者は誰もいないんだからなりすますのは簡単だからな」

なるほど。そういうことだったのか。私が感心していると、先生はみんなに語り始めた。

「しかし犯人は来夢君ではない。昨日彼女の前の学校に確認が取れた。ここにいる榊原来夢は本物だ」

「当然よ！」

まったく、こいつはずっと私を偽者の榊原来夢じゃないかと疑っていたのか。

「来夢君が犯人でないとなると、犯人は犯人候補Aの方に確定する。さて、この犯人候補Aの人物像を確認していこう。今の僕の話の中に手がかりは全て揃っている」

鵺夜先生は、一つずつ犯人の条件を挙げていった。

「第一の事件、白河美里殺しに関してアリバイがない人物で、なおかつ、下山先生を殺すために、僕らに近づいた人物」

鵺夜先生曰く、推理小説とは伏線の文学……。

ならば、この辺で私がこの小説に仕掛けた伏線を一挙にごらんにいれよう。


——「………。あ、あたしだよ！　何か用なの？」

胡桃はいきなりの珍しい訪問者に一瞬面くらっていたが、すぐに元気よく名乗り出た。

（第三章　部室に依頼人が来たシーンより）


——「失敬。ところでキミ、フランスにはいくつまでいたんだ？」

私は一瞬、その先生の質問が誰に向けられたものなのか、判断を間違えそうになった。

（第三章　地下資料室でのシーンより。この台詞はさゆりに向けられたものだったけど、私が勘違いしそうになった相手は……？）


——「それで明日のことなんだけどさっ」

胡桃はやたらと上機嫌だった。ついこの間まで、自分一人だったのに、一気に部員が二人も増えたのが相当嬉しいのだろう。

（第三章　地下資料室を出たシーンより）

――「そう。だったら下山先生の方はあたし一人でやるから、あんた達は江波先輩の方をお願い」

「あんた達って、私も？」

（第四章　食堂での会話のシーンより。もしもこの時、胡桃の目の前に私とさゆりしかいなかったのだとしたら、私はこんな返答をしただろうか？）


「第二の事件、下山先生殺しの時にあの家に僕らと共に居合わせた人物。ここで重要なのが、僕が先ほど保留にしておいた問題。すなわち、なぜ犯人は胡桃君達と下山先生の接触を避けようとしたのか――答えは簡単。犯人がなりすましているこの少女に、下山先生は会ったことがあるんだ。だから、犯人は彼と顔を合わせるわけにはいかなかった。自分が偽者だとバレてしまうからな。すなわち、犯人はあの時、後から来たメンバーの中にいる」

――私は後で来るメンバーについて知らせた。

「ふむ……。その青山胡桃さんと姫草さゆりさんとは面識がありませんね」

（第四章　下山先生との会話のシーンより）


――「じゃあさゆり君」

「はい。なんでしょう」

「キミはその後、もう一度トイレに行っているな」

「はい。一人では寂しいので、ノンちゃんと一緒に」

（第五章　さゆりへのアリバイ確認のシーンより。つまり、あの子にも下山先生を殺すチャンスはあったことになる）


「第三の事件、江波遥殺害に関して、犯行が可能だった人物」

――よし。二十分経った。

私は次の人の肩を揺すって起こし、その場所に座った。
（第五章　スクエアをやったシーンより。やっぱりあの子には話しかけにくかったので、私は肩を揺すって起こすだけに留めた）

——一人が起きている時間は二十分。これなら一回役目が終わると、次の自分の番が回ってくるまでに一時間は眠ることができる。
（第五章　スクエアをやったシーンより。そう、あの人数なら、目をつむってから眠りに着くまでに数分から十分程度かかったとしても、一時間は確実に眠れるだろう）

「そして、忘れてはいけない点がもう一つ。この記憶を失くした少女の容姿はどう考えても外国人だ。そんな人間になりすますには犯人もそうである必要がある。つまり、犯人の風貌も限られてくる」

――警部が指差した三枚目の写真には、まるで西洋のお伽噺のお姫様のような少女が写っていた。

（第三章　警部が三枚の写真を示したシーンより）

「さらに、この記憶喪失の少女に関してだが、この少女は外国生活が長く、日本語に不慣れだった」

――警部は簡単に事情を説明した。

「……そうですか。でも彼女、まだ日本語には不慣れみたいで」

（第三章　廊下で皆木先生に会ったシーンより）

――「相手が何を言っているのかは理解できるようなんです。でも、自分から何かを伝えるのはまだ難しいようでして」

（同じく第三章　廊下で皆木先生に会ったシーンより）

――「あはは。にしても、ノンちゃんは相変わらず無口だな」

そりゃ、喋ろうにも喋れないのだからしょうがない。

（第五章　部室での江波先輩とさゆり達の会話のシーンより。確かにしょうがないわよね。日本語が話せないんだから）


「そこで学園側はフランス語が達者な皆木先生を担当教員にし、さらには一般の生徒で語学が堪能な者を寮でのルームメイトにした。常にその生徒と行動を共にし、必要があれば通訳をしてもらえるようにね。故に少女に扮した犯人は、その生徒といつも行動を共にしなければならなかった」


――「え？　言ってますよって、その子の言葉がわかるの？」

「当たり前じゃないですか。友達なんですから」

そうなんだ。……すごいことができる後輩もいるもんだ。

（第三章　さゆり達が初めて部室にやってきたシーンより。本当にすごいこと

ができる後輩だ。私にはフランス語の通訳なんてできないもんね）

――「それならちょうどよかったです。わたしも明日はちょっと……」

（第三章　地下資料室を出た後の部室でのシーンより。このさゆりの台詞の伏線が、翌日意外な人物によって回収されていたことを気づいていただろうか？）

――「いつもは彼女の通訳をしてくれる人がいるんですけど、今日はその人がどこかへお出かけになるとかで」

（第三章　廊下で皆木先生に会ったシーンより）

――「ルームメイトの娘は他の友達と遊びに出かけていたので、証明はできませんけど」

（第三章　あの子への事情聴取のシーン。この伏線も、翌日あの人物によって回収されている）

――「特に姫草君の方は犯行時刻にアリバイがあるからな」

「そうなんですか？」

「ああ。鵺夜君の言った犯行時刻の八時半頃、彼女はクラスメイトと街へ買い物に出かけている」

（第四章　犬飼警部と私の会話のシーンより）


――「ふふふ。でも、たとえその言語がわからなくても、相手の言葉を真剣に聴く気持ちがあれば、ちゃんと相手が何を言おうとしてるのかはわかりますよ」

「な、なるほど……。だからサーちゃんはノンちゃんの言葉さえもわかっちまうのか……」

江波先輩は得心顔で頷いていたが、きっとそれは違うと思う。

（第五章　さゆりと江波先輩との会話のシーンより。確かに、江波先輩はちょっとだけ間違っていた。聴く気持ち云々じゃなく、ただ単にさゆりはフランス語が得意だから、あの子の言葉がわかるんだ）

①
②
③
④

「もう、そのルームメイトに選ばれた生徒というのが誰かは明白だろう。そう。その生徒とはさゆり君に他ならない。つまり、犯人はいつもさゆり君と行動を共にし、通訳をしてもらっていた人物――それはキミだ！」

鵺夜先生は芝居がかってさゆりの隣を指差した。

全員がそちらに振り向く。

「そんな……」

さゆりが驚きのあまり、抱いていた人形を床に落とした。

が、その人形には目もくれず、鵺夜先生が示した犯人を守ろうとするかのように、さゆりは彼女と先生の間に割って入った。

「嘘ですよ。ノンちゃんが犯人だなんて……。そんなの絶対に嘘です」

さゆりが〝ノンちゃん〟と呼んでいた少女――紫苑乃亜がそこにいた。

しばらくの間、誰も何も言わなかった。さゆりの絞り出すような声がその静寂を破った。

「ぬ、鵺夜先生の言ってることは全部でたらめです！　ノンちゃんが犯人なわけありません！」

「さゆり君、そいつは紫苑乃亜なんかじゃない。本物の紫苑乃亜は、ドアの前にいる子の方だ。昨日、フランスにいる紫苑乃亜の親類に確かめたところ、キミがノンちゃんと呼んでいるその子の顔に誰も見覚えがないそうだ。そして、この記憶喪失の少女こそが紫苑乃亜だという確認も得た」

「ちょっと待ってよ、D君。それじゃああたし達とずっと一緒にいたこの子は一体誰なの？」

「ああ。この子は……」

鵺夜先生が口を開きかけた時、

「もういいわ。鵺夜来人。そのくらい、自分で話すから」

流暢《りゅうちょう》な日本語だった。それは私達が初めてさゆりの通訳なしで聞く、彼女の台詞だった。驚いていないのは鵺夜先生だけだった。

「やっぱり話せたんだな。日本語」

「ええ。これでも勉強したからね。さゆりに通訳させてばかりで、自分で話せないのは結構ストレス溜《た》まったわ。時々冗談を言ってあなた達を困惑させることくらいしかやることなかったしね」

そうか。あれはこの子が本当に言っていたのか。てっきり人形遊びで二重人格をこじらせたさゆりが、通訳と称して自分の本音を言っているのかと思ったわ。

「ノンちゃん……」

「さゆり、その呼称は私じゃなく、あの子に使ってあげて。あの子の親に確認が取れてるんじゃゃ、今更否定できないしね」

「そんな……。じゃ、じゃあ、あなたは一体誰だと言うんですか！」

さゆりの叫びがミス研の部室に響いた。それとは対照的に彼女は淡々とこう答えた。

「私？　私の名前はルイーズ。ルイーズ・ルロワ」

ルロワ？　ルロワってそれじゃあ……。

「ええ、妹にあたるわ。エマ・ルロワのね」


「鵺夜来人、あなたは気づいていたんでしょう？」

紫苑乃亜……いや、ルイーズが先生の目を挑戦的にとらえる。

「まあね。少なくともキミが本物の紫苑乃亜じゃないのはわかっていた」

「一体いつから？」

「最初に引っかかったのは、キミに事情聴取をした時だ」

「あら。私何か変なこと言ったかしら?」

「いや、僕が気になったのはキミの言動ではなく、キミの瞳だよ」

「瞳?」

「ああ。綺麗な青色をしている。瞳の色を決定する遺伝子の中でも、青はかなりの劣性遺伝子だ。僕は警部に紫苑乃亜は、フランス人と日本人のハーフだと聞いていた。日本人の瞳のほとんどは黒だろ。これはかなりの優性遺伝子だ。確率が低いんだよ。日本人とフランス人の間に生まれた子供が綺麗な青い瞳をしているっていうのは」

「なるほど。それは迂闊《うかつ》だったわ。カラーコンタクトでも用意しておけばよかった」

「でも、瞳のことは疑問を与えたに過ぎない。遺伝学に関しては僕はまったくの門外漢だからな。あの時はそういうこともあるんだなくらいに思っていた。現に本物の紫苑乃亜の瞳も綺麗な紫色だしね。キミが偽者だと確信したのは、下山先生から紫苑乃亜の手紙を見せてもらった時のことさ」

「でも、あの時先生はフランス語で書かれたあの手紙が読めなかったじゃない」

私は言った。

「内容は関係ない。問題はあの手紙そのものだ」

そのもの？

「あの手紙、文字がところどころすれていたろ？　あれを来夢君、キミは折りたたんだ時にすれたんだろうって言っていたが、あれは違う。あれはまだインクが乾ききっていない時、つまり、書いている最中にペンを持つ手があたってすれたものだ」

ペンを持つ手が文字をこすったって……。ああ。そういえば私にも覚えがある。2Bの鉛筆で英語なんかを書いたりすると、ペンを走らせる手の小指側の側面がすれて真っ黒になっちゃうんだよね。ん……ちょっと待って。ということはもしかして。

「あの手紙を書いた人は左利きなのね！」

「その通り。右利きの人間なら、横文字を書いても文字はこすれたりしない。文字があんなふうにすれるのは左利きの人間だけだ」

あの時、私ならわかるって先生が言っていたのは、私が本物の紫苑乃亜と同じで左利きだったからなんだ。

「その点、ルイーズ、キミは右利きだろ。下山先生の家でトランプをやっているキミを見ていたら明らかだ。だから僕は手紙を書いた紫苑乃亜と僕らと一緒にいる紫苑乃亜は別人だってわかったのさ」

「ははは。まいったな。こうも理路整然と説明されたらかなわないわ」

「認めるんだな、あの三人を殺したのを」

犬飼警部がルイーズに詰め寄った。

「認める？　はは。冗談でしょ？」

「なんだと？」

「私が認めたのは私がその紫苑乃亜になりすまして学園に通ってたってことと、私がエマ・ルロワの妹のルイーズだってことだけ」

「この期に及んで何を言っとるんだ。キミは現にこうして紫苑乃亜になりすまして学園に来ているじゃないか」

「この学園に来たのはお姉ちゃんの自殺の原因を突き止めるためよ。外から調べるより、中から調べた方がやりやすいからね。それとも何？　日本の警察は他人になりすまして学校へ行っただけで、殺人犯だと決めつけるの？」

ルイーズは淡々と反論した。それはまるで最初からバレたらそう言い訳するために準備しておいた台詞のように聞こえた。

「ぐ……」

警部は言葉に詰まった。それに反して、先生は淡々と語った。

「三人を殺したのはキミだよ、ルイーズ」

「はは。一体何を証拠に」

「キミがやったとしか考えられない」

「待ちなさいよ。じゃあ下山が残したダイイングメッセージはどうなるの？」

ルイーズが反駁を加える。それもそうだ。このルイーズが犯人だとしたら、あの電話番号のダイイングメッセージは一体なんだというのだろう。

「あのダイイングメッセージを解読したら『ひめく』……つまり、姫草さゆりになるってそこにいる青山胡桃もそう言ってたじゃない」

「う……」

急に自分の名前が出てきたので、たじろぐ胡桃。

「まさかあれは私がさゆりに罪を着せるために残したなんて馬鹿なことを言い出すんじゃないでしょうね？」

「いや、それはない。さゆり君に罪を着せたいなら、床に直接血文字で名前を書けばいいわけだし、わざわざ死体の懐から携帯を取り出して暗号を打ったり、ましてや書きかけにしたりなんかにするはずがない。あれは下山先生自身が今際《いまわ》の際に残したものだ」

「じゃあ、あの暗号は一体どういう……」

「あれはルイーズ、キミのことだ」

「は？　馬鹿言わないで。なんで『ひめく』が私なのよ？　それとも何？　あのメッセージには何か別の意味があるっての？」

「いや。下山先生が伝えようとした名前は、姫草さゆりで間違いない」

「だったらどうして？」

「彼がキミをさゆり君だと誤認したからだよ」

え？　下山先生がルイーズとさゆりを勘違いしたってこと？　ますます意味がわからない。

「簡単な話さ。あの時、屋敷にいた容疑者は僕と警部を含め、来夢君、胡桃君、さゆり君、皆木先生、牧野さん、そしてルイーズの八人だろ？」

頷く私達。

「そして屋敷には最初に僕と来夢君と皆木先生と警部が来て、後で来る残りの三人のことを来夢君が下山先生に伝えた。当然、僕達はこの時点ではルイーズのことを紫苑乃亜だと思っているわけだから、青山胡桃、姫草さゆり、そして紫苑乃亜の三人が後で屋敷にやってくることを伝えたわけだ」

私はあの時のことを回想する。確かに下山先生に後から来るメンバーについて訊かれて詳細な説明をしたのを覚えている。

「ここで重要なのは、この三人が到着する前に下山先生は席を外したということだ。さゆり君、キミは下山先生と面識はあったか？」

「いえ。ないです」

「胡桃君もないって言っていたよな？」

「そうだよ。あたしあの先生の授業すら受けたことないからね。アポ取った時も電話でだったし」

「そして下山先生は紫苑乃亜を知っていると言っていた。つまり、彼にしてみれば後から来る三人のうち、二人とは面識がないということになる。さて、ここで彼は殺害されるわけだが、殺される直前、彼は犯人の顔を見た。しかし、彼にはどうにもその顔に見覚えがなかった。それもそのはず。彼は紫苑乃亜とは面識があっても、僕達が紫苑乃亜だと思っていたルイーズとは一切の面識がなかったんだからな。それでも彼は同時にあるものを目撃したことで犯人を特定することができたんだ」

「あるものって？」

恐る恐る訊いてみる。

「制服のリボンだよ」

リボン？　どういうこと？

「ウチの学校の制服、女子は学年によってリボンの色が違うだろ？」

先生が出来の悪い生徒を諭すように説明してくれる。私は自分のリボンを見た。二年生なので緑色だ。私と同学年の胡桃も緑。一年生のさゆりとルイーズのは黄色だ。

「下山先生は僕達が事前に与えた情報と犯人の顔、そしてリボンの色から、犯人の名前を知ることができたんだよ」

「先生、言ってることが矛盾してるよ。だって下山先生はルイーズの顔を知らないんでしょう？」

「知らなかったからこそだよ、来夢君。いいか？　犯人が制服を着ている時点で、犯人は学生だということがわかる。よって容疑者は八人のうち僕と皆木先生と警部と牧野さんを除いた四人に絞られる。でも犯人の顔を見るに、さっきまで会って話していた来夢君ではなかった。となると自動的に後から来たメンバーの三人となる。ここでリボンだよ。下山先生は犯人の黄色いリボンを見たんだ。僕達が事前に提供した情報によれば、青山胡桃は二年。姫草さゆりと紫苑乃亜が一年生だ。つまり自分を襲ったのは緑のリボンの青山胡桃は外れて、姫草さゆりか紫苑乃亜のどちらかということになる。だが紫苑乃亜の顔なら下山先生は知っている。そしてこの犯人の顔に自分は見覚えがない。だから彼にはわかったのさ。今自分を殺そうとしているのは、自分が顔を知らない姫草さゆりの方だってね」

「な、なるほど。下山先生からしてみればルイーズと紫苑乃亜が入れ替わってるなんてことは知るよしもない。だからあんなダイイングメッセージを残したってわけか。それに、榊原君は姫草さゆりを外国語に明るい少女だと話していた。ルイーズの容姿はまさにそれにピッタリってわけだ」

犬飼警部が感嘆した様子で言った。

「あはは。でも実際にはあの先生の予想は大外れで、さゆりちゃんがとばっちりをくらったってことだね」

自分の迷推理を棚に上げて胡桃が言う。

「ちょっと胡桃さん。笑いごとじゃないですよ。ひどいじゃないですか。人を犯人扱いしといて」

「あ……ホントごめん！　許して、さゆりちゃん！」

「……まったく。今回だけですからね」

先生の言うことを総合すると、私達の認識する紫苑乃亜と下山先生の認識する紫苑乃亜の違いがあのダイイングメッセージを生んだということだ。うーん。理解はしたけど、そろそろ頭がこんがらがってきた。消化不良を起こしそうだ。

「ルイーズにしてみれば、聖南学園で唯一本物の紫苑乃亜の顔を知っている下山先生は早く殺したかった存在だったんだろうが、なかなか機会がなかった。彼は今年から中等部の教師になってしまったし、自宅はあの通り侵入するのが困難だったんだからな。僕達が彼の家に行くと聞いた時はチャンスと思っただろうよ。警察や探偵と一緒に行けば、自分に対する警戒も薄まるだろうからな」

「ちょっと待ちなさいよ!」

ルイーズが声を荒らげた。

「あんたが言うリボンの理屈なら、さゆりにも当てはまるでしょう? 下山はさゆりの顔も知らなかったんだから」

「いいや。さゆり君にはこの理論は当てはまらない」

「どうしてよ! さゆりも私と同じで下山に顔を知られていないし、リボンだっておんなじ黄色で……」

そこまで言って、ルイーズの台詞は途切れた。その唇はその続きを言うことなく悔しさを押し殺すように歯で噛みしめられている。

「ようやく気づいたか？　さゆり君が下山先生を襲ったとしても、彼には、自分を襲ったのが姫草さゆりだとわかるわけがない。一年生の目印であるあの黄色いリボンはその時、さゆり君の胸元ではなく、あのダルメシアン、オスカルの首元に巻かれていたからだ！」

先生の完璧な論理は波となってその場にいた全員に衝撃を与えた。

「リボンをしていなければ、下山先生には学年の区別がつかない。自分を襲ったのが姫草さゆりと青山胡桃のどちらかはわからない。胡桃君がやったのだとしたら、緑のリボンからすぐに二年生であるとわかり、彼は胡桃君を示すようなダイイングメッセージを残したはずさ。既に彼と顔を合わせていた、僕や来夢君、犬飼警部、皆木先生それに牧野さんにも同じことが言える。つまり、下山先生が自分を殺した相手を姫草さゆりだと思えるのは、ルイーズ、キミしかいないんだよ！」

これは後で知ったことだけど、この時、鶴夜先生はリボン以外にも人形を持った生徒を下山先生が見たとしても、彼がその子をさゆりだと認識できる可能性を無視していた。でも、それは先生がそのことに気づいていなかったからじゃない。第一の事件のアリバイでさゆりを容疑者から外していた先生は、ルイーズを追い詰めるために、そのことには触れなかったのだ。先生はルイーズがそのことで反論してこないのを確信していた。だって、あの時その場にいなかったルイーズには、私が下山先生に人形のことを話していたなんて知るよしもないのだから。

沼底のような静寂が続いた後、ルイーズは開き直ったように口を開いた。

「あんたが言ってるのは全部状況証拠じゃない！　私を犯人にしたいなら、それ相応の物的証拠を出してみなさいよ！　どうせそんなもの持ってないんでしょう！」

「残念ながらね」

「ほらごらんなさい！」

「僕は持っていないさ」

「……どういうことよ？」

「まだ気づかないのか？　証拠はキミ自身が持っていることに」

「っ!?　何を言って……」

「証拠はキミの右足の靴底にある」

その言葉に、ルイーズは恐る恐る自分の上履きの裏を確認した。その靴底に張りついていたものを見た瞬間、彼女の顔から血の気が引いた。

靴の底に張りつくほどの物体。それは——。

「そう。それは江波さんが死ぬ間際まで噛んでいたガムだ。量が少なかったせいで踏んだことにさえ気づかなかったようだな。それから江波さんの唾液が検出されれば……」

鵺夜先生の言葉をルイーズが慌てて遮った。

「ふん。それが何よ！　こんなのどこで踏んだものだかわからないじゃない！」

「いいや。それは殺される直前に江波さんが噛んでいたものだ。ガムの断片が殺害現場の床にこびりついていた。それは証拠物件Bが示している通りだ。鑑定の結果、江波さんの唾液が検出されたよ。文芸部の部室は犬飼警部が死体を発見して以降、警察の人間以外は誰も入っていない。つまりそのガムを踏むことができるのは犯人以外考えられないんだよ」

「……仮に、仮にそうだとしても！」

ルイーズの言い逃れはまだ続いた。

「昨日ついたものかどうかまではわからないでしょう！　彼女が昨日の夜より前にあの部屋で捨てたガムを警察があの部屋を封鎖する前に私が踏んだ可能性だってあるわ」

「それはありえないな」

「なんでよ！」

「キミも、見ていたはずだぞ。来夢君が昨日の夜、江波さんにガムをあげたのを。知っているかい？　あのガムは某社が新開発した試供品。それも配布が始まったのは昨日の夜からだそうだ。それを街で受け取った来夢君が江波さんに渡した」

「………」

「聡明《そうめい》なキミならもうわかっただろう。昨日の夜以前に、あのガムは流通していなかったんだ。そのガムと同じ成分が、キミの靴底についていたそのガムから検出されれば、それはキミの言う物的証拠になると思うぞ」

　これが決定打となった。ルイーズはしばらく呆然《ぼうぜん》とし、目を閉じると、ゆっくりと肩を落とした。

「…………わかったわよ。私の負け」


「三年前、私とお姉ちゃんはフランスの田舎町で貧しいながらも平穏に暮らしていたわ。親を早くに亡くして、二人きりの家族だったの」

　観念したルイーズは淡々と語り始めた。

「お姉ちゃんは語学に長けていて、学校の成績はいつもトップ。私の自慢だった。そんな姉がある日、学校や親戚の勧めで日本に留学することになったの。お姉ちゃんは帰ってきたら私に日本語を教えてくれるって約束してくれたわ。でもその約束は永遠に守られることはなかった。お姉ちゃんは留学先の日本で死んでしまったから。私はそのままその親戚の家に引き取られたわ。日本語が達者なそこのおじさんに日本語を教わった。姉の自殺がどうしても信じられなかった私は、いつか日本に行ってその原因を探ろうと考えていたから。そして一ヶ月前、私はついに、日本にやってきたのよ」

ルイーズは横目で本物の紫苑乃亜をちらりと見て、

「その子――本物の紫苑乃亜とは聖南学園行きのバスの中で出会ったわ。ちょっと変わった子だったけど、同じフランス人ってこともあって、初対面だったけどすぐに意気投合してお互いのことを話し始めたの。そこで彼女が聖南学園に留学する予定の生徒だって知った。姉が自殺したこの学園のことを調べるために日本に来た私にとってはまさに好都合だったわ。最初はこの子を上手く利用して、姉の自殺のことを調べようくらいにしか考えてなかった。でも、ちょうどバスが交差点に差しかかった時、前からいきなり自動車が飛び出してきて――」

「それが一ヶ月前に起きたあの事故だったんだな」

鵺夜先生の言葉にルイーズは神妙に頷いて、

「ええ。すごい事故だったわ。バスに乗ってた人はみんな座席から振り落とされたくらい。その中でも、この子は特にひどく飛ばされて、手すりに頭を強く打ちつけていた」

「？」

本物の紫苑乃亜は自分のことを言われているのがわかっていないのか、ただポカンとしていた。

「私も少し怪我をしていたから、二人共同じ病院に運ばれたわ。数日して彼女は意識を取り戻したけど、もはや自分がどこの誰かもわからない状態だった。さっき言ったように彼女に学園の調査をさせようと思っていた私には大きな誤算だったわ。でも、幸か不幸か、警察か病院のミスで、彼女の荷物は私に渡されていたの。たぶん、外国製のバッグだったから間違えたんでしょう。悪いとは思ったけど、私は中身を調べたわ。学園についての資料か何かが入ってると思ったから。案の定、そこには留学の書類や入寮届なんかが入っていた。その時、私はふと気づいたの。その書類のどこにも本人の顔を特定するものがないってことに。

　これはチャンスかもしれない。すぐにそう思ったわ。本物の紫苑乃亜は記憶喪失。私がこの子になりすませば、堂々と自分の手で学園を調べることができるってね。すぐにこの子のふりをして、学園に電話したわ。どうやら向こうも予定の日になっても紫苑乃亜が姿を現さないから、心配してたみたいだった。私は適当な嘘で誤魔化して、いくつか自分の考えに間違いがないか確認してから、その日のうちに寮に向かったわ。フランス人留学生、紫苑乃亜としてね」

「なるほど、それが入れ替わりの真相ってわけか……」

　犬飼警部は納得した様子で頷いていた。

「寮に着いた私はすぐに姉が自殺した部屋に向かったわ。鍵はかかってなくて、簡単に入ることができた。人が死んだ部屋には誰も住みたがらないっていうのが幸いだったけど、部屋はきちんと掃除されていたし、姉の私物は処分されていて、残っていたのは備えつけの家具くらいだった。でも、私は何か残っていないか必死に探したわ。特にベッドの下を念入りにね。姉はよくそこに大事なものを隠していたから。もし何かが隠されていて、まだ誰も見つけていないのなら、三年経った今でも残っているはず……そんな私の直感は見事に的中したわ。案の定、ちょっと探しただけじゃわからないくらい巧妙に隠された一冊のノートがベッドの下から出てきた。それは姉の日記だったわ。

そこには姉の自殺の原因が克明に記してあった！　そしてその原因を作ったのが今回私が殺した三人だったってこともね！　私はその時誓ったわ！　姉の代わりにあの三人に復讐してやるって！」

「ちょっと待ってよ」

私は口を挟まずにはいられなかった。

「あの三人が一体、何をしたっていうの？　白河先輩はミステリーのトリックを流用したって聞いたけど、普通、そんなことで自殺したりする？　他の二人にしたって……」

「白河美里は性根の腐った女だったわ！」

私の言葉を遮り、ルイーズは憎々しげに叫んだ。

「白河美里はお姉ちゃんのアイデアを使ったあの小説で賞を獲って以来、お姉ちゃんを避けるようになったわ。たぶん、アイデアを真似したことでお姉ちゃんから何か言われるのを恐れていたのよ。でも、お姉ちゃんはそんなこと気にしてなかったの。小説が原因で色々こじれちゃったけど、もう一度白河と仲よく話したいって、それだけを願って……それをあの女は！」

ルイーズは白河先輩が当時、エマさんに浴びせかけた台詞を話した。それは親友と思っていた子から言われると、心が崩れてしまうのもおかしくないほどの嫌な言葉だった。もしも私が胡桃から同じことを言われたら……きっと立ち直れないだろう。

「一ヶ月かけて計画を練った私はとりあえず一番簡単な白河美里殺しから始めることにしたわ。既に白河とは知り合いになってしまっていたから、本当なら最後に回した方がよかったのかもしれなかったけど、あの女の傍にこれ以上いるのは耐えられなかったからね。その後の殺人に支障をきたさないよう、ちゃんと自分の身代りを立てるあの足跡トリックを使った。あれは白河が賞を獲ったあの小説の本当の考案者であるお姉ちゃんが私にだけ教えてくれた秘蔵のトリックだったわ。人間の思い込みの盲点をついた、本当にすごいトリックだった。最初は私の代わりに罪を被ってくれるスケープゴート役にはそこの青山胡桃を使うつもりだったけど、あの日、白河の様子を陰で見張っていた私の前に来夢、あなたが現れてあいつと知り合いになった。姉の死とは関係のない胡桃を一時的にとはいえ警察に逮捕させるのは抵抗があったし、むしろ、まったく無関係な人間の方が警察も逮捕しにくいでしょうし、捜査を混乱させられると思って、咄嗟の思いつきであなたに白羽の矢を立てたってわけ」

なるほど。ルイーズが私を選んだ理由も、鵜夜先生による、いつぞやの推理通りだったたってわけか。

「私の一番の計算違いは鵜夜来人、あなただったわ。あの時、私も気になって捜査の様子を隠れて見ていたけど、いきなり現れてあっさりトリックを見破っちゃうんだもん。正直、びっくりしたわ。さっきのリボンの件にしてもそう。当の私でさえ、なんで下山があんなダイイングメッセージを残して死んでたのか、まったくわからなかったんですもの。いるのね、現実の世界にも。神のような頭脳で真実を見通すあなたのような名探偵が」

「神か、いい言葉だ」

鵜夜先生の辞書に謙遜の二文字はなかった。満足げにうんうんと頷いている。

「おかげで私に捜査の手が伸びるのが早くなって、二番目の殺人がやりにくくなったわ。だから下山と江波を殺すために、さゆりを唆《そそのか》してミス研の部室に向かわせ、あなたに近づいた。捜査を主導する人間の傍にいれば、色々と便利でしょうからね」

これで第一の事件に関しては真相が明らかになった。そして次は第二の事件、下山先生殺しだ。

「じゃ、じゃあ下山先生は一体何を？」

犬飼警部は慎重に尋ねたが、ルイーズは怒りを爆発させて取り乱した。

「死んで当然よ、あんな奴！　下山は教師の仮面を被った人間のクズよ！　あの男は自分が担当した容姿のいい生徒を手籠めにして、自分の薄汚い欲望のはけ口にしていたのよ！」

「な……！」

あまりの事実に、私達は愕然として言葉を失った。

「それだけじゃないわ。あいつの家を見たでしょう？　あれだけの生活を続けるには、それなりのお金が必要よね？」

ま、まさか……。

「ええ、そうよ！　あの男は自分が飽きた生徒を金持ちの変態どもに売り払っていたのよ！　あの男は聖職者のクセに売春の斡旋《あっせん》をしてたのよ！　表向きはこっちに留学してることになってるから、向こうの親にも気づかれることなく、あいつは大金を稼いでいたのよ！」

「じゃ、じゃあまさかエマさんも……」

さゆりが信じられないといった表情で、言葉を絞り出した。

「『金髪で青い目の娘はマニアに高く売れる』……あの男はお姉ちゃんにそう言ったのよ！」

な、なんてひどい……。思わず怒りで拳を握りしめてしまう。

「じゃあ三年前、奴が俺達警察の事情聴取を拒否した本当の理由は……」

「大方、生徒に手を出してたことや売春の斡旋のことがバレるのを恐れたんでしょうよ。で、今回私が白河美里を殺したことで、再び自分に容疑がかかって、二度断ると怪しまれると思って適当な作り話で切り抜けようとしたんでしょ。本当に卑《ひ》怯《きょう》な男よ。下山殺しに関して一番問題だったのは、下山が本物の紫苑乃亜の顔を知ってるってことだったわ。もう少し早くそのことに気づいていれば、学園に来て早々に殺してやったのに！」

「ん？　それじゃあキミは下山と紫苑乃亜が知り合いだってことを知らなかったのか？」

犬飼警部が驚いた様子で尋ねた。

「知ってるわけないじゃない。私だって、紫苑乃亜の携帯に下山の連絡先が入ってるのを見てびっくりしたんだから。しかも、そのことに気づいたのは白河美里を殺した後だったんだもの。あなた達を利用して下山に近づき、隙を見て殺そうと考えていた私には、まさに最大の障害だったわ。下山に会ったら、私が偽者だってバレちゃうからね。考える時間がほとんどなくて結局、下山の家には遅れて行き、私が到着する前に下山に席を外させて書斎で殺すという手段に出ることにしたわ。だってそれしかなかったんだもの。犬飼警部の車が五人乗りだったのと、下山の家に行く人数が増えたのは幸運だったわ。適当な理由をつけて、一人だけ後で行くなんて不自然なことにならずに済んだんだもの」

なるほど……。それであの時、いの一番に護送されているみたいだから嫌だ、と渋ったわけか。

「まあ、そういうことよ。下山を書斎に留まらせた方法は——」

「喫茶店の近くの公衆電話から下山の家に電話をかけて、彼が生徒に手を出していた件や売春の斡旋の件で脅したんだろ？　胡桃君やさゆり君に疲れたから喫茶店で一休みしようと提案し、トイレに行くふりをして電話をかけたんだ」

鵺夜先生の推理に、ルイーズは目を丸くさせた。

「あなた千里眼でも持ってるの？　なんでそんなことまでわかっちゃうわけ？」

「僕もずっとあの電話は怪しいと思っていたんだ。だから昨日、犬飼警部に頼んで電話会社に調べてもらった。すると、あの時の電話はとある公衆電話からのもので、そのすぐ近くには喫茶店があったというわけさ。キミは喫茶店を選んだというより、下山先生の家に行く道中に公衆電話を見つけて、その近くにある手ごろな店として、あの喫茶店を選んだんだろ？　公衆電話が見つからなかった場合はどうするつもりだったんだ？　ルイーズとしての自分の携帯を非通知で使う？　それなら海外用のだから発信元の特定には時間がかかっただろうな。もしくは道に迷った外国人のふりでもして、道行く人に、友達と連絡が取りたいけど自分の携帯は日本では使えないとでも言って、その人から借りる？　これもかけた人間を探るには時間がかかりそうだ」

「………」

ルイーズは口をあんぐりと開けて、目をさらに真ん丸にした。

「千里眼というより、テレパシストね。あの時私が考えていた他の方法まで正確に言い当てるなんて。下山を殺すのは簡単だったわ。自分にだけ容疑がかからないよう、タイミングを見計らってさゆりとトイレに立った。あの時、あいつはひどく怯えてた。あなたや警部に電話のことを言えばいいのに、予想通り、そんな勇気もなかったみたい。今まで築いてきた地位や名誉が失われるのがよっぽど嫌だったのね。お姉ちゃんの日記に書いてあった通り、ホントに馬鹿な男。これから殺されるっていうのに。私が書斎に入っても、あいつは私のことは微塵も疑ってなかったみたいだった。たぶん、来夢の連れのミス研の部員がなかなか戻ってこない自分を心配してやってきたとでも思ったんでしょう。あいつは『あと少ししたら戻るから、みんなと応接室で待っていてくれ』みたいなことを言って私に近づいてきたから、そこで一気にナイフをお腹に突き立ててやったってわけ」

これが第二の事件の真相。そして次はいよいよ最後の事件、江波先輩殺しだ。

「それなら、江波先輩は何を？　あの人、見かけはあんなだったけど、滅茶苦茶いい人だったじゃない！」

私は必死に問い詰めた。あの江波先輩に、どうして殺されるだけの非があると言うのだろう。

すると、ルイーズは急に声の調子を落とし、鵺夜先生の方に視線を向けた。

「そうね……。鵺夜来人、あなたならわかってるんじゃないの」

そう言われ、先生は遠慮がちに口を開いた。

「……おそらく、江波さんが、エマ・ルロワから音を奪った原因を作ったんだろう」

「すごいわ。あなたにはなんでもお見通しなのね」

ルイーズは称賛の拍手を先生に贈った。音を奪ったって……耳が聞こえていなかったってこと？

「エマ・ルロワは自殺する前の数日間誰とも話そうとしなかった。僕が思うに、話さなかったんじゃなくて話せなかったんじゃないだろうか。聴覚が働かなくなると既習言語の発音も困難になり、発話障害が生じるからな」

「よくわかったわね。姉の耳が聞こえなくなっていたことが」

「ああ。通訳を嘱望する明るい社交性に溢れた少女を絶望に追い込み、自殺させた原因として一番ありえるのが何かを考えたら想像がついたよ。本物の紫苑乃亜を探すついでに病院で確認したら、耳鼻科の先生が三年前、耳が聞こえなくなったと診察に来たフランス人の少女のことを覚えていたよ」

でもその原因を江波先輩が作ったってどういうこと？

私がそう尋ねると、鵺夜先生は次のように答えてくれた。

「後天的に耳が聞こえなくなる原因としては脳への外的ダメージがあるのさ」

……なるほど、江波先輩と廊下でぶつかった時に頭を打ったのが、脳への外的ダメージだったってことか。

「ええ。そうよ。鵺夜来人、本当にあなたには何もかもお見通しのようね。聴力を失ったことが、将来通訳として働こうとしていた姉にどれほど辛いことだったかが日記には克明に書いてあったわ。そしてその原因となったのが、江波とぶつかった時の頭部の損傷であることもね！　江波を殺すのは一番簡単だったわ。あいつがスクエアで起きてる時に私がトイレに行くふりしたら、案の定、一人じゃ危険だからってついてきたの。馬鹿な女よね。私が犯人だとも知らないで。だから隣の部室に押し込んでナイフを突き立ててやったのよ」

そんな……。江波先輩の優しさにつけ込んで、この子は先輩を……。

「前の二人はともかく、江波の件はあくまで事故のようなものだろう！　江波はエマ・ルロワの聴力を奪おうとか、ましてや彼女の死を望んだわけじゃないじゃないか。そんなことで人を殺したのか！」

警部の台詞にルイーズの顔に狂気が宿る。

「そんなことですって？　私にとって重要なのは、江波とぶつかったせいでお姉ちゃんが死んだっていう事実だけだわ！　それが故意かどうかなんて関係ない！　あいつさえいなければ、姉はまだ生きていたかもしれないもの！　許せなかった。間接的とはいえ、姉の夢を奪った江波が！　お姉ちゃんを裏切った白河も！　お姉ちゃんを弄んだ下山も！　自殺の原因を作ったあいつら全員が！　だから私はあいつらに復讐した。お姉ちゃんの代わりに私があの三人を地獄に落としてやったの！　お姉ちゃんもあの三人が死んで喜んでいるはずよ！」

「それは違う！」

先生は叫んだ。

「キミはお姉さんの気持ちなんかまったくわかっちゃいない！」

「あなたに何がわかるの！　適当なこと言わないで！」

「じゃあどうしてキミの姉さんは遺書を残さなかった？」

「っ⁉」

「日記に書いてベッドの下なんかに隠さなくても、ちゃんと遺書に書いて三人の罪を告発すればいいじゃないか！　そうすれば、警察だってきっと動く！　白河さんの小説の考案者がエマ・ルロワだってことも世間に伝わるし、下山先生はしかるべき罰を受けるだろう！　江波さんだって、エマ・ルロワの死に責任を感じてくれるようになる！　そうすればよかったんだ！　それなのになぜそうせずに、三年間も誰も見つけられないような場所に隠した日記にだけ書いたりしたんだ？」

「そ、それは……」

ルイーズは言いよどんだ。

「なんでそんな簡単なことがわからない!? そんなのキミにこんな真似をさせないために決まってるだろ！」

「っ!?」

「遺書に残せば、その内容は大々的に報じられ、フランスにいるキミの元にも届くだろう。そうすればキミがどんな行動に出るかはキミのお姉さんが予測できないハズがない。だから自分の気持ちは全て日記に吐き出し、燃やすのも忍びないから誰にも見つからないように隠したんだ。キミの姉さんは人生に絶望して死を選びながらも、復讐なんかよりもキミの方を優先させたんだぞ！ わかってるのか、ルイーズ！ キミがやったことはキミの姉さんが最も望まなかったことなんだぞ！」

先生のこの言葉は彼女に届いていたのだろうか。ルイーズはただ呆然と焦点の合わない瞳で虚空を見つめるだけだった。

「あはは。じゃあ私のやったことって……。だって私殺しちゃったんだよ、三人も！ お姉ちゃんのためにって！ それをお姉ちゃん自身に否定されちゃったら、私、どうしたらいいのよぉー！」

ルイーズは床に崩れ落ちた。その目からは涙が粒となって溢れ出す。大好きな姉のために凶行に及んだ少女の、それが姉の最も望まぬ行為だったとわかった時の後悔と自責。自分が奪った三人の命と自分の犯した罪の重さを初めて実感した少女の、抑えることない慟哭《どうこく》がミス研の部室に木霊した。

「Je suis désolé……,Je suis désolé……, grande soeur（ごめんなさい……、ごめんなさい……お姉ちゃん）」

少女の口から漏れたフランス語は、さゆりに翻訳してもらわなくても私達全員の心にその意味が伝わった。

エピローグ

その後のことを少しだけ語ろう。

犬飼警部によると、逮捕後のルイーズは憑《つ》き物が落ちたように素直に取り調べに応じているらしい。

これは後でわかったことだけど、なんとルイーズの年齢はまだ十四歳なのだそうだ。外国人は成長が早いとは聞いていたけど、まさかこれほどだったとはね。童顔のさゆりの方がよほど中学生に見えるわ。年齢が年齢だけに極刑は免れそうだと警部は言っていた。三人もの人間を殺《あや》めたことは絶対に許せないし、許されることではないけど、姉想いの優しく、そして可哀想なあの少女には一日も早く社会復帰してほしい。

病院側からしたら〝身元不明の記憶喪失患者〟だった本物の紫苑乃亜は、ルイーズがいなくなった穴を埋めるようにして聖南学園にやってきた。記憶喪失とはいっても、日常生活を送るぶんにはなんの問題もないので、主治医も退院の許可を出したのだそうだ。ミス研の部活にも毎日さゆりと共に顔を出してくれている。

胡桃は相変わらずのマイペースぶり。今回の事件での功績を理由に、単身校長室へ部費アップを嘆願しに行ったり、部室の規模拡大をはかったりと大忙しだ。

さゆりも、本物の紫苑乃亜の通訳や彼女のお世話で大変みたい。でも紫苑乃亜と話すさゆりはどこか楽しそうだった。あの二人なら、きっといい親友になれると思う。

私は学園の生活にも慣れ、部活以外の友達も次第に増えてきた。それでもやはり部室にいる時が一番心地よいのだから、私を部に誘ってくれた胡桃には感謝しなければいけない。部員が増えたことで私の地位も副部長に昇格したしね。

そして我らが名探偵、鵺夜来人はといえば、事件が解決するやいなや、また元のように自堕落な生活に逆戻りした。事件が起きればあれだけ精力的な男も、平時は猫のように不精で地下室にこもったきり出てきやしない。私達は生存確認の意味を込めて、三日に一度は様子を見に行っているけど、彼を動かすには何か特別な手(主にアリス関係)を打たなければならない。

胡桃にさゆりに乃亜、そして、鵺夜先生。最初は転校なんて嫌だって思っていた私だけど、今ではこの学園に来て本当によかったと思っている。色々と辛いことはあったけど、こんなにも素敵な仲間達と巡り会えたのだから。

私がこの学園にやって来て一ヶ月が経ったある日の部活で胡桃がこう言った。

「そいじゃ、今日は文化祭で売る部誌について話し合うよ」

「おお。いよいよですね」

そう言ったのはさゆりだ。

「さゆり、〝ぶし〟ってなんですか?」

紫苑乃亜(本物)が不思議そうに尋ねる。彼女が退院してからまだ日が浅いのに、もうこれくらいの日本語は話せるようになっていた。

「部誌っていうのはですね、部員が書いた小説を集めて冊子にしたものですよ。それを文化祭なんかで売って、部の活動資金にするんです」

「へー。勉強になりました」

と言って、ノートにメモする。この特製の語彙ノートが彼女の言語上達の秘訣だ。気になった言葉を常に書き留める。これが一番効果的なのだそうだ。

胡桃が話を続けた。

「基本的に我が部では同じジャンルのミステリーばっかりにならないように各部員

ごとに担当を決めるんだ」

「担当って、なんですか？」

さゆりが首をかしげる。

「ある人は暗号もの、ある人は密室ものってな具合に一人一人がテーマにそってミステリーを書くんだよ」

そういえば、いつだったか、そんなこと言っていたわね。

「胡桃さん、小説を書くってノンちゃんにはまだ難しいんじゃ……」

「うん。わかってるよ。ノンちゃんはまだ書けないだろうから、さゆりちゃんと共同執筆ね」

それを聞いて、乃亜はホッと胸をなで下ろした。

「誰かもう書きたいジャンル決まってる人いる？」

胡桃の問いに手を挙げる者はいなかった。

「じゃあとりあえず今回はクジで決めよっか」

と、胡桃が取り出したのはテッシュ箱で作ったクジ引きだった。どうやら最初からそのつもりで用意してあったらしい。

「中にジャンルが書いた紙が入ってるんだ」

胡桃、さゆり、私の順番でクジを引いた。

「あたしのは……〝アリバイトリック〟か」

「わたしとノンちゃんのは……〝顔のない死体〟って書いてありますよ。いきなり難易度高すぎじゃないですかぁ」

「さゆりちゃん、弱音はダメだよ。頑張って書いてね。来夢はどうだった?」

私は恐る恐る二つ折りにされたクジを開いた。そこにはこう書いてあった。


〝叙述トリック〟


「どうやら、一番面倒なのが出たみたいね」

そう言いながら、私はどんな構成の推理小説にしようかと頭をひねっていた。この時点で、私は一ヶ月前に起きたあの連続殺人事件に関するノンフィクション小説を書くと決めていた。でも、あの事件で叙述トリックなんて、一体どうすれば……。ふと、さゆりがいつも大事そうに抱えている人形が目に止まった。さゆりが小さい頃、誕生日にお父さんからもらったというフランス人形。なるほど、これを使えば……。

あとがき

聖南学園ミステリー研究会副部長　榊原来夢

※以下の文章で、この作品の犯人及び真相に触れます。
このあとがきは作品を読了後にお読みください。

はあ。やっと仕事が終わったと思ったのに、あとがきがあるなんて聞いてなかった。胡桃の奴、あとがきがあるならあるってあらかじめ言ってほしいわ。このあとがきは部誌の巻末にまとめて載せるみたいだけど、果たしてこれを読む人はいるんだろうか。部誌そのものだって百部くらいしか売れないのに、その中であとがきにまで目を通してくれる熱心な読者――そんな人がいると信じて頑張って書こう。

とは言ってもほとんど書くことなんてないのよね。本編で書き尽くしちゃった感じ。基本的に本編はノンフィクションものだから、それを読んだ読者なら私の性格すらも知り尽くしているだろうし。というわけで、ここではあとがきの場を借りて、私がこの物語に施した仕掛けについての解説と弁明を書き加えておきたい。

最初に書いた通り、私が今まで六章にわたって綴《つづ》ってきた物語において嘘は一つとして書かれていない。ただ私がこの稿をおこすにあたり、とある登場人物の行動描写及び台詞を意図的に省いたことは認めよう。

エピローグで書いたように、胡桃から小説の課題に〝叙述トリック〟を使うことを強要された以上、今まで誰もやったことがないようなものを書きたいと思ったからである。

すなわち、私達とずっと一緒に行動してきたルイーズ・ルロワを読者から見て文字通り見えないようにするという手法のことだ。

でも、完全にルイーズの痕跡を消したのではアンフェアすぎると思い、少しばかり私なりにヒントを出した。第六章でも少し触れたけど、作中でさゆりは『ノンちゃんも〜〜と言ってます』という台詞を連発している。これはもちろん、日本語を話せない紫苑乃亜（ルイーズ）がフランス語で話していた台詞を私達にもわかるようにさゆりが翻訳してくれていた際のものである。

もしあなたがこの〝ノンちゃん〟をさゆりの持っていた人形であると思い込み、さゆりが人形と会話する痛い子だと解釈したとしたら、それは完全なる早とちりだ（あるいはそのようなキャラクターがいてもおかしくないという二次元的創作物に対する許容の広さのなせる業だろうか)。

第三章で私はこんな文章を書いている。


「ところでその子は?」

私はずっと気になっていた質問をした。あえてスルーしてきたけど、このさゆりという少女は、部屋に入ってきた時からずっと一体の人形を抱えていたのだ。豪奢なドレスに身を包んだ西洋製のビスクドールだった。

「ああ紹介が遅れました。この子はわたしの友達なんです。ノンちゃんっていうんですよ」


ここでの私とさゆりの認識のズレにお気づきだっただろうか。私の言うその子とはさゆりの持っていた人形のことであり、さゆりの言うこの子とは紫苑乃亜(ルイーズ)のことである。部室に入ってきた西洋人の少女にどう接していいかわからず、さゆりの紹介を待っていた私と胡桃はあえて紫苑乃亜の存在には触れなかったのだ。だから私の「ところでその子は？」という台詞を受けてさゆりがそれを紫苑乃亜のことを訊いているのだと勘違いしたというのも頷ける。だからこそ、私はこの直後にこうつけ加えた。

友達……ね。そういう意味で訊いたんじゃないんだけどな、と心の中で思いながら、間違いを訂正するのも億劫なので、私はさゆりに微笑を返すだけに留めた。

どうだろうか？　どこにも嘘は書かれていない。

〝そういう意味で訊いたんじゃない〟という地の文の記述を見て、『じゃあ一体どういう意味で訊いたんだ？』と考えた読者はほとんどいなかったんじゃないだろうか。これ以降に書かれた人形の描写にひきずられて読者が臆断をおかしてしまったとしてもそれは私の責任とは言えまい。

では、なぜルイーズの話すフランス語の台詞だけは割愛したのか。それは簡単な話で二人が話すフランス語の会話を語り手である当の私が聞き取ることができなかったというだけである。英語のリスニングテストの成績すら芳しくない私に何を期待しようというのか。さらに言えば、私がフランス語などまったくわからないということは、第一章でのママとの会話のシーンを始め、数ヶ所に明記してあったはずだ。

さらに第三章でのこの文章。

犬飼警部が背広の内ポケットから三枚の写真を取り出してテーブルの上に置いた。どうやら事件の容疑者の写真らしい。よく刑事ドラマなんかで捜査本部のホワイトボードに容疑者の写真が貼りつけてあるけど、あれにそっくり。
「この二人!」
三人のうち、二人の顔を見て私は少なからず動揺した。

今となっては言うまでもないだろう。
ここでの〝この二人〟とは、青山胡桃と紫苑乃亜のことを指す。

なぜなら読者も知っての通り、この前日に私はさゆりから、彼女が白河美里の従姉妹であると聞いていたのだ。だからこの場面でさゆりの写真が出てくることはある程度予想はしていた。警察が被害者から近い人間を疑うということはミス研部員なら常識なのだから。私が動揺したのは、胡桃や前日さゆりと一緒にいた紫苑乃亜までもが容疑者のリストに挙がっていたからなのだ。あなたが〝この二人〟を青山胡桃と姫草さゆりのことだと思ったのだとすれば、やはりそれも早合点と言わざるを得ない。

叙述トリックを成功させるため、私は常にその場の合計人数には触れないようにしてきた。一番悩んだのは警部のパトカーに乗るかどうかを揉めたあのシーンだった。さんざん迷った挙句、ただ一言、

完全に定員オーバーじゃない！

と、書いた。

我ながら上手い言い回しだ。五人乗りのパトカーに対して、その場にいるのが六人だろうが七人だろうが、〝定員オーバー〟には変わりないのだから。この他にも、その場の人数が関わるシーンでは上手い言い回しが使われている。暇な読者は探してみるといい。

また、これは強烈なヒントになったと思うものがもう一つ。第五章で学校に泊まり込みをした際、私達はスクエアをやっている。これは一般には雪山ホラーとしても知られていて、実際にやってみればすぐわかると思うが、四人では一周しかできないはずである。しかし私達はみんながみんな朝まで続けられるという前提で会話をしていた。これはあの場に私、胡桃、さゆり、江波先輩の他にもう一人いたことを暗に示してはいないだろうか。

以上のヒントやルイーズ扮する紫苑乃亜が登場人物としては割と最初に登場していたことなどを踏まえると彼女の存在に気づくのは不可能ではなかったと私は思う。私が隠そうとしていたのは、紫苑乃亜（ルイーズ）が私達と一緒に行動していたという事実だけだったのだから。

〝ノンちゃん〟がさゆりの持っている人形であると読者が誤認したまま、第四章から第五章での下山先生の家での殺人を読むように仕組んだことにこの小説の最大のトリックが潜んでいる。なぜなら、あの状況では屋敷内にいた人間にしか犯行は不可能であり、ノンちゃんを紫苑乃亜のことだと認識していない人間にとっては、紫苑乃亜は屋敷に存在しないことになり、容疑者から外れるからである。結局、この小説の読者が一番に疑うべきだったのは、犯人のルイーズ・ルロワではなく、語り手であり、作者であるこの私、榊原来夢だったというだけのことである。あの時、鵺夜先生は私にこう言った。

「蟻が砂糖に、蛾が街灯に群がるように、人間の中でも賢い者は、未解決の難問に群がる。これはもはや本能だ。謎を目の前に、じっとはしていられない。実生活の地面から、踵を上げることの崇高さを理解できない馬鹿どもには、信じられない行為に映るかもしれないけどな」

この言葉が本当なら、この小説に胸を躍らせて挑戦してくる読者はきっといるはずだ。願わくは、これを読んでいるあなたがそうであってほしい。


さて、これで私は完全にこの物語を終えることができる。ここ何週間か暇さえあれば書き続けていたので少し疲れた。あとやるべきことは本物の紫苑乃亜が巻き込まれたという例のバス事故の新聞記事の抜粋を巻頭に貼りつけておくことくらいだろう。私の小説を読んでくれる数少ない読者が私の仕掛けた罠を少しでも突破できるための手がかりとして。

〈完〉

(この作品は聖南学園ミステリー研究会発行の部誌『鵺の鳴く夜が明けるまで』秋の号に一挙掲載されたものです)

書き下ろし特別編

榊原来夢の奮闘

※このエピソードには本編のネタバレが多く含まれるので、
必ず本編の方を先にお読みください。

端書

これは私が聖南学園ミステリー研究会の部誌、『鵺の鳴く夜が明けるまで』に掲載したノンフィクション小説を完成させるまでに起きた出来事を小説にしたものである。十万字をゆうに超える長編を書くなんて経験は私にとって初めてだったので、完成に至るまでには様々な苦難や奮闘があった。これを読んでいただければ、私があの小説を書くにあたって、どんなことに注意したのかを知ってもらうことができると同時に、作品に対する理解をより一層深めるのに役立つと思う。

聖南学園ミステリー研究会副部長　榊原来夢

一・胡桃との会話

その日、私は放課後のミス研の部室でワープロ代わりのパソコンと睨めっこしながらあれこれ頭を悩ませていた。この体勢に入ってから既に一時間は経つけど、パソコンの画面にはまだ一つも文字は打ち込まれていなかった。

クジ引きで各自の担当ジャンルを決めたあの部活の日から二週間。放課後の私はいつもこんな感じである。

「そんなに根詰《こん》めてやらなくてもいいじゃん。まだ初稿の〆切までは三ヶ月以上あるんだからさ」

目の前の席で推理小説を読んでいた青山胡桃があっけらかんと言った。

「そういうわけにもいかないわよ。私が書くのは長編になりそうだから、今のうちに構想を固めておかないと」

パソコンの画面から目を離さず私はそう返事をした。

ちなみに今日の部活は任意参加だから、後輩部員の姫草さゆりと紫苑乃亜は二人で買い物に出かけている。本当は私と胡桃もその買い物に誘われたのだけど、私がパスしたために、胡桃もここに残ったというわけだ。別に私に気を使わなくてもよかったんだけどね。

「で、どうなの、調子は？」

胡桃は手にしていた文庫本に栞《しおり》を挟んで立ち上がると、私の隣の席までやってきた。

「見ての通りよ。さっぱりだわ」

「ありゃ……。でも、来夢は転校してきた時に起きたあの事件をノンフィクション小説として書くんだよね？　だったら実際に起きた出来事をそのまま書けばいいんじゃないの？」

「ただ書くだけならね。でも、誰かさんが〝叙述トリック〟の使用を義務づけたせいで、途端に難易度が上がっちゃったのよ」

私は皮肉を言ってやったが、胡桃は「あはは」と、とぼけるように笑うと、私がパソコンの横に積み重ねていた本の山から一冊を手に取った。

「アガサ・クリスティの『アクロイド殺し』か。叙述トリックの古典だね。これ全部小説書くための資料？」

「ええ。研究しようと思って、叙述トリックを扱った作品を改めて読み直してみたのよ」

「おっ、えらいね。ちゃんと勉強してるんだ」

胡桃は手に取った『アクロイド殺し』をパラパラとめくると、

「で、どんなのにするつもりなの？　叙述トリックっていっても色々あるじゃん」

と、訊いてきた。

私はしばらく悩んだ末、あの日、さゆりの人形を見て思いついた叙述トリックのことを話した。それを聞くなり、胡桃は目を見開いて驚いた。

「ええ!?　それって犯人をまるごと消しちゃうってこと？　そんなことできるの？」

「うん、たぶん可能だと思うわ」

私はしっかりと頷いたが、胡桃はまだ半信半疑のようだった。

「だって、そんな作品書いたらミステリー史上初だよ！　世界史で例えるなら、コロンブスの新大陸発見だよ！」

「それがそうでもないのよ。叙述トリックで人間を隠す試み自体は数作だけど前例があるの」

「え！　マジ!?」

「マジよ。最初思いついた時は、こんなこと考えるのは私一人くらいだと思ってたんだけど、探してみたら、数は少ないけど何作か前例があってびっくりしたわ。さすがに私がやろうとしてるような、メタ的な思い込みを利用して人間を人形に見せかける、なんてトリックは探しても見つからなかったからよかったけどね」

「へー。前例があるんだ。知らなかったよ。あたしはあまり叙述トリックを使ったミステリーは好きじゃないからなー」

　これから叙述トリックを使ったミステリーを書こうとする人間に対して臆面もなくそういうことを言えるのは、いかにも胡桃らしい。私は胡桃のこういうはっきりとものを言うところが好きだ。

「でもちょっと興味は湧いてきたかも。ちなみにその少ない前例ってのはどんな方法で人間を消してるの？」

「そうね……」

　私はちょっと逡巡《しゅんじゅん》した。推理小説の話をする時、誰でも知っているような有名作でもない限り、ネタバレはご法度だからだ。でも、まあこの場合は胡桃の方が知りたがっているわけだし、作品名を出さなければ問題はないだろう。

「私が印象に残ったのは、『一人称小説を三人称小説に見せかける』って手法かな」

「え？　どゆこと？」

「普通、一人称小説では『私は〜』とか『僕は〜』とかいう感じで一人称の語り手の視点で物語が進んでいくでしょ？　それに対して三人称小説では『太郎は〜』とか『花子は〜』ってな具合で、登場人物達を見下ろす神のような視点から物語が進むじゃない？」

「うんうん。一人称と三人称の違い――小説の基本中の基本だよね」

興味深げに頷く胡桃に、私はちょっと得意げな気分になった。

「そう、基本中の基本なのよ。でも、そこに落とし穴があるの」

「落とし穴？」

「考えてみて？　本来一人称小説である物語において、『私は〜』という記述を全面的に省いて、語り手が自分以外の登場人物の描写しかしていない場合、それは一見すると三人称小説のように見えない？」

「え……あ、そっか。確かに見えるよ！　一人称小説を三人称小説に見せかけるってそういうことか！」

「そ。そうすることで、読んでいるのが三人称小説だと思っている読者にしてみれば、語り手の存在、つまり『私』は完全な盲点ってなるわけ。こうやれば、読者の目から人間を一人消すことができるでしょ」

「なるほど！　あったまいー！」

推理小説好きには知的好奇心の強い人間が多い。それは胡桃も例外ではないようで、先人の偉大なトリックにすっかり感心していた。それに水を差すようで悪いとは思ったけど、私はこう言った。

「このトリックの先駆的作品は推理小説ではなくて、フランスのとある文学作品らしいんだけど、これはあくまでも実験的な小説だったみたいで、発表当初から読者や専門家からの批判がすごかったみたいよ。その後も、この海外の小説のアイディアを推理小説に応用した作品がいくつか書かれたようだけど、評価が分かれたらしいわ。やっぱりなんの理由もなく、『私』の存在を隠して書いていたのが、一人称小説としてはおかしいってことみたい」

「でも、そんなこと言ってたら叙述トリックを使った小説なんて書けないじゃん」

「それはそうなんだけどね。やっぱり世の中には細かいところが気になってしまう人がいるのよ。緻密で厳密なプロットが必要となるミステリーのような小説の読者には特にね」

「あはは、推理小説のトリックは、読者が正解にたどり着けるようなフェアなものじゃないといけないってやつだね。どっかで聞いたことあるよ。来夢が書こうとしてるトリックでその問題を解決する方法なんてあるの？」

この胡桃の問いに、私は答えられないでいた。

そう。そこがこの種のトリックの一番の問題点だ。

ミステリーのトリックは読者が本文の情報からちゃんと真相にたどり着けるものでなくてはならない。犯人の姿を完全に消してしまうトリックでは、あまりにアンフェアで、読者に本を投げつけられるのがオチだろう。ちゃんとそこに〝人間〟がいたのだということが推理できるような伏線と、作者がその人物を隠して書くのに正当な理由（一人称の場合なら、語り手がその人物を無視するのが当然といえるような設定）があって初めて完璧な推理小説だと言えるのだ。

伏線の方は正直自信がある。さゆりの人形の件や通訳の件、みんなでやったスクエアの件等、幸運にも書くべき伏線はたくさんある。これらを押さえていけば、読者が文章の中に隠された犯人を見つけるのは不可能ではないだろう。

問題は作者が人物を隠して書く理由、もしくは消す人物が周りから無視されていてもおかしくないだけの設定の方だ。私が調べた限り、人物隠匿型を使った既存のトリックはこの点がクリアされていないものも少なくない。プロの作家でさえクリアできてないのだから、アマチュアの私なんかは気にする必要はないと考えればそれまでだけど、やっぱり、せっかく書くのならできるだけ完璧なものにしたい。

でも、一体どうしたらいいの……？

二．さゆりとの会話

胡桃との会話から二ヶ月が経った。

その間、季節は梅雨から夏へと移り変わり、今はもう八月。長かった夏休みは終わりが近づき、小説の〆切もだいぶ迫ってきた。

この二ヶ月の間に執筆の方はかなり進み、プロローグ、第一章、第二章を書き終え、第三章に突入していた。でも、読者も知っての通り、ここからが真の佳境。叙述トリックの仕掛けどころだ。

他の人の小説の書き方を知らないので、一般的にはどうするのかよくわからないが、私は小説を書く時、台詞を先に書き出し、後から地の文を書き加えていくというスタイルを取っている。

この日、私は朝からミス研の部室で一人執筆作業をしていた。あの時の自分達が話した台詞を鮮明に思い出し、原稿に忠実に再現した後、嘘を一切書かないように注意しながら地の文を書き加えていった。その作業が区切りのいいところまで終わり、一息つこうと思った私は部室を出て自販機にコーヒーを買いに行った。

「あら来夢さん、こんにちは！」

ベンチに座ってコーヒーを飲んでいると、背後からそう声をかけられた。振り向くと、そこにはミス研の後輩部員、姫草さゆりが人懐っこい笑顔を私に向けていた。

「さゆり……今日は乃亜は一緒じゃないの？」

私がこう尋ねたのは、あの事件以来、さゆりと本物の紫苑乃亜は大の仲よしになり、いつも一緒に行動しているからである。

「ノンちゃんは何か調べものがあるとかで今は図書館に行ってるんです。わたしは暇だったのでちょっと部室に顔を出そうかなーって」

「そう。だったら一緒に行こっか。今はちょっと休憩してたけど、さっきまでは部室で作業してたのよ」

そう言って、私はコーヒーを飲み干すと、ゆっくり立ち上がった。


「小説の方はどこまで進みました？」

部室に入るなり、さゆりはそう訊いてきた。

「そうね……ちょうどあんたが鵺夜先生を嘘泣きで陥落させたシーンまでかしら」

「あはは。そういえば、そんなこともありましたね」

さゆりは当時のことを思い出したのか、クスクス笑い始めた。そして、冗談めいた調子で、こう言った。

「小説の中でわたしの描写をする時は可愛く書いてくださいね」

「心配しなくても、誰から見てもあんたは可愛いわよ」

……まあ、叙述トリックのせいでだいぶ頭のおかしいキャラに読者には映るかもしれないけどね。

「そんなことより、そっちの方はどうなの？　確かあんた達のお題は〝顔のない死体〟だったと思うけど」

「うーん、やっぱり難しいですよ。ノンちゃんがアイデアを一杯出してくれてはいるんですけど、どれも奇想天外すぎて、推理小説にするにはちょっと……。推理小説って小説の中でも制約が多いジャンルですよね。ノックスの十戒とかヴァンダインの二十則とか……」

さゆりはちょっと行き詰まっているようだった。

よし、ここは先輩として少しアドバイスをしてあげよう。

「その二つに関しては、あんまり厳密に考えすぎない方がいいわよ。十戒や二十則を守ってなくても傑作と言われる作品はたくさんあるわけだし、ヴァンダイン自身だって、自分の二十則に違反した作品を書いてるみたいだしね。それに、知ってる？　ノックスの十戒には『中国人を登場させてはならない』なんて規定もあるのよ」

「え？　どうして中国の人を登場させてはいけないんです？」

「ノックスの時代は中国人……というか東洋人全般は摩訶《まか》不思議な力を使う神秘的な存在と思われていたのよ。それで、そんな不思議な力を使って人を殺したり、密室を作ったり、犯人を捕まえたりする推理小説はタブーとされたの」

「あ、なるほど。時代を感じますね」

「今となっては、人権団体が騒ぎ出しそうな人種差別でしょ？　これだけ見ても、ノックスの十戒がいかに前時代的かがわかるわ。いちいち守ってたら、中国人が出てくるミステリーは全部ダメってことになっちゃうし、いわゆる叙述トリックを禁止した箇所だって、叙述トリックが、トリックのジャンルとして確立している今となっては、やっぱり時代遅れってことになるわ。だから、十戒や二十則はあくまでも原則として考えておけばいいのよ。決して破っちゃいけないものではないわ」

「そうだったんですか……それなら、なんだか書けそうな気がしてきました。原則を守って何も書けなかったら、意味ないですもんね」

さゆりは霧が晴れたような笑顔を見せた。

よかった。これでさゆりと乃亜のペアも面白い小説を書いてくれるに違いない。

その後、私達はさゆりの入れてくれたアイスココアを飲みながら、ミステリー談義に花を咲かせた。普段はこれに胡桃や乃亜や鵺夜先生も加わるのだが、たまには二人だけで話をするのもなかなかおつなものだった。

三．鵺夜先生との会話

それからさらに数ヶ月。

私達の部誌『鵺の鳴く夜が明けるまで』は無事に文化祭での刊行を迎えた。

事前に告知しておいたのも手伝ってか、なかなか捌《は》けがよかった。五百部刷っていたうち、三百部は午前中に売り上げてしまい、午後には完売できる見通しが立っていた。

売り子は部員が交代で務めることになっている。お昼頃、私は引き継ぎの乃亜に後を任せると、昼食をとるために三年生が教室でやっていた喫茶店に向かった。

教室の戸を開けると、窓際の席に鵺夜先生がいるのが目に入った。

「相席してもいい？」

彼の目の前の席に手をかけて、私は尋ねた。

「珍しいな」

と、先生はコーヒーカップを口に運ぶ手を止め、目を見開いた。

「キミが一人で僕に会いに来るなんて、いつぞや小説の推敲を頼みに来た時以来じゃないか?」

「あいにくだけど、別に会いに来たわけじゃないわ」

と、私は席に座りながら答えた。

「たまたま喫茶店に入ったら、そこにあなたがいた。それだけよ。そっちこそ珍しいじゃない? 地下資料室から出てきて、こんなところでコーヒー飲んでるなんて」

「朝起きてみたら学校がえらい騒ぎだったからな。何事かと様子を見にきてみたら、いい匂いがしたもんで、ついな」

「えらい騒ぎも何も文化祭なんだから当たり前じゃない。知らなかったの?」

「そうか、今日は文化祭か……。興味がないからすっかり忘れていた」

私達が今日のために必死こいて準備してきたのに、この男ときたら……。これで学校の先生だってんだから、信じられない。

「しかし、ここのコーヒーは不味いな。まるで泥水だ」

泥水飲んだことあるのか、あんたは。

「よかったのは匂いだけだな。やはり、さゆり君の入れてくれたココアが一番だ」

「後ろは見ない方がいいわよ。このクラスの人達が先生の方を睨んでいるから」

この通り、この人は行く先々で敵を増やしているんだから、こっちも気が気じゃない。そのうち、恨みを買った誰かに道で刺されるだろう。

「ところで、今日が文化祭ということはキミの小説が載った『鵺明け』も発売されるんだろう？」

自分が推敲したからなのか、鵺夜先生は私の小説のことは覚えているようだった。ちなみに、わざわざ書くまでもないとは思うが、『鵺明け』とは私達の部誌、『鵺の鳴く夜が明けるまで』の略称である。

「ええ。でも、なんかちょっと不安だわ」

「不安？　何がだ？」

「実は推敲してもらった時には言わなかったんだけどね……」

私は以前、胡桃やさゆりと話したことを伝えた。

「――ってなわけ。さゆりにも言った通り、ノックスの十戒やヴァンダインの二十則のことはあまり気にしてないんだけど、問題は胡桃と話したことなのよね」

「なるほど。つまり、キミが気にしているのは人物隠匿型の叙述トリックを使う場合、人物を隠すだけの明確な理由ないし妥当な設定がいるんじゃないかという問題か」

「うん。私が書いた小説では結局、その点が解決できてなくって……。あのままでも十分に成り立ってるとは思うんだけど、やっぱりアンフェアだって思う人は思うんだろうなって考えると、どうもね……」

「ふーん」

と、先生は本人曰く泥水のようなコーヒーを口に運びながら考え込んだ。

「参考までに聞かせて。先生ならどんな方法でこの問題を解決する？」

私の問いに、鵜夜先生は眉間に皺を寄せてしばらく考え、やがてこう答えた。

「僕だったら、キミのような女の子を主人公に置く」

「え？」

私はポカンと口を開けた。一体どういう意味だろう？

「つまり、作者が理由もなく読者を騙《だま》すようなことを書くから一部の人間から批判がくるんだろ？　だったら、その理由を作者に与えてしまえばいい」

「どうやって？　作者っていうのは読者と同じで小説の外の人間なのよ？」

「そんなのは簡単だ。作者を登場人物の一人にしてしまえばいい。つまり、小説全体を物語の中の作中作——要するに、語り手が自分の経験を元に書いた手記という設定にしてやればいい。これなら、読者が読んでいる文章の作者は物語の登場人物である〝語り手〟であるから、作者は登場人物の一人だ」

「…………」

私は熱心に先生の言葉に耳を傾けていた。

「その語り手が、例えばキミのような立場だったらどうだろう？　自分の身の回りに起こった事件をノンフィクション小説として書こうとしていたら？　ミス研の部員で、部長から叙述トリックを使った小説を書くように指示された立場だったとしたら？　作者自身に、物語の中で明確に地の文をいじる動機があるんじゃないか？」

「…………」

「普通の一人称小説なら、語り手が目の前にいる人間の存在を認識していないのは限りなく不自然だ。キャラクターの心の動きを文章として地の文に著しているというのが一人称小説の共通認識だからな。でも、物語全体が作中作だったら、どうだろう？　語り手が実際に文章を書くという作業をしている以上、地の文が意図的に削られていても何もおかしなことはない。語り手の感情がストレートに反映される一人称小説とは異なり、手記や手紙、回顧録といった形式を取る小説では語り手と作者が同一人物であるために、そこに出てくる〝私〟は自分にとって不利な記述を自由に削除する権限を持っているからだ。しかも、さっきも言ったように、語り手自身に文化祭で叙述トリックを使った小説を書かなければならないという明確な動機が作品の中でちゃんと存在している」

「じゃ、じゃあもし、ある作家が私のような立場の女の子を語り手にして、私が書いたような小説を書いたとしたら――」

「そう。それは立派な作中作になるんだから、キミが気にしているような批判は起こりえない。もしも起こったとしたら、批判者は〝自分が読んでいたのが語り手の感情をストレートに反映した一人称小説ではなく、語り手が実際に書いた文章であるという点〟と〝語り手が部誌のミステリーを盛り上げるために、叙述トリックを使っている可能性が示唆されているという点〟を完全に無視していたということになる。登場人物が仕掛けるトリックである以上、普通の推理小説に出てくる犯人が仕掛けるトリックと同様に、読者にはそれを推理することが十分にできるし、謎解きに挑戦するならそこまで推理する義務がある」

「…………」

灯台下暗し的なアイデアに、私が驚きを隠せないでいると、鵜夜先生は再びコーヒーをすすってこう言ったのだった。

「まあ、実際にやる奴がいるかどうかは知らないけどな。あくまでもアイデアさ。キミの今後の参考にはなるだろ？　さて、せっかくの文化祭だ。色々回って見るとしよう。暇ならつき合ってくれるか?」

「いいわよ。但し——」

私はいたずらっぽく微笑んでこう言ったのだった。

「先生の奢《おご》りならね」

あとがき

はじめまして。ｄｏｏｒです。

カバーの作者紹介にある通り、まだ大学生の若造です。そんな私がこのような形で本を世に出せるようになったのも、ｃｏｍｉｃｏというアプリのおかげです。

ｃｏｍｉｃｏとは二〇一三年にスタートした、毎日様々なフルカラーの漫画が無料で読めるという、今ではダウンロード数一一〇〇万を超える人気アプリです。そんなｃｏｍｉｃｏが昨年春よりスタートしたのがノベルサービスでした。

そこで採用されたのが、この『鵺の鳴く夜が明けるまで』通称、『鵺明け』です。長ったらしいタイトルなので、よろしければ、この略称で呼んでいただければ幸いです。ぶっちゃけタイトルなど別に何でもよかったのですが、ミステリーノベルといえば、『かまいたちの夜』とか『ひぐらしのなく頃に』とかが浮かんだので、それっぽい名前にしようと思い、最終的には横溝正史の『悪霊島』のキャッチコピーから名前をつけました。

元々この作品は当時一八歳だった私が大学受験の勉強の合間に趣味として書いていたもので、それを他の人にも見てもらおうと思い、とある小説サイトにアップしていたものが、前述の通り、ｃｏｍｉｃｏ編集部の目に留まって採用されたのですが、内容はかなりオーソドックスなミステリーです。殺人事件が起き、容疑者の中から犯人を捜し、ホームズやポアロのような名探偵役の男がいて、彼をコミカルな視点で面白おかしく描写する語り手がいる——これだけで前例を探せば簡単に一〇〇作くらい見つかりそうな使い古された設定です。今では古すぎて逆に珍しい、もはや骨董品の域の設定だと思います。しかし、それでもこの作品がこうして書籍化までされたのは、この物語に仕掛けられた「ある仕掛け」のおかげだと思います。是非、この仕掛けにチャレンジしてみてください。そして、もしこの物語を面白いと思って頂けたら、ｃｏｍｉｃｏでこの続きが連載中ですので、読んでみてください。

最後に、この本が出版に至るまで尽力していただいた全ての方々に感謝の言葉を。本当にありがとうございました。

ｄｏｏｒ

この物語はフィクションであり、
実在の人物及び団体とは一切関係ありません。

COMICO BOOKS

鵺《ぬえ》の鳴《な》く夜《よ》が明《あ》けるまで

【初出】comico　http://novel.comico.jp/

発行日 2016年1月17日　第一刷発行

著　　者 … door《どあ》
発 行 人 … 泉忠宏
編集企画 … comico
編　　集 … 説話社
編集協力 … 聚珍社
装丁デザイン … 山田益弘
本文デザイン … 苅谷涼子
印刷・製本 … 共同印刷株式会社
発　　行 … NHN comico株式会社
〒105-6322 東京都港区虎ノ門1-23-1
虎ノ門ヒルズ森タワー 22階
TEL.03-6263-1665
http://www.comico.jp/
発　　売 … 株式会社双葉社
〒162-8540 東京都新宿区東五軒町3-28
http://www.futabasha.co.jp/

ISBN978-4-575-51861-0 C0193